AF201255

Die ungeahnte Begegnung

und andere Geschichten

Gerald Orthen

Bibliografische Information der Deutschen Nationalbibliothek:
Die Deutsche Nationalbibliothek verzeichnet diese Publikation in der Deutschen Nationalbibliografie; detaillierte bibliografische Daten sind im Internet über http://dnb.d-nb.de abrufbar.

IMPRESSUM

Copyright © 2019

Autor: Gerald Orthen

Kontakt: gerald.orthen@web.de

Buchsatz & Covergestaltung:

Stephanie Mattner

kontakt@stephanie-mattner.de

Herstellung und Verlag:

BoD – Books on Demand, Norderstedt

ISBN 978-3-7504-1176-0

Vorwort

Mit sieben Geschichten möchte ich Sie gerne im Folgenden gut unterhalten. Ich sehe mich selbst (nicht nur, aber vor allem) als Krimiautor und freue mich, dass mein Roman „Trümmerschatten" Aufnahme in das zeithistorische Krimiprogramm des Gmeiner-Verlags für den Herbst 2020 gefunden hat. Und gleich hier, in der ersten Geschichte nach diesem Vorwort, möchte ich Sie in das Nachkriegsdeutschland der Bonner Region entführen und Ihnen die Ermittlerfiguren aus dem Roman bei ihrem ersten gemeinsamen Fall vorstellen.

Ich freue mich, wenn Ihnen die Geschichten gefallen. Mehr noch, wenn Sie mich das wissen lassen, gerne per Mail an:
gerald.orthen@web.de

Konstruktive Kritik ist mir ebenfalls sehr willkommen, denn auch jenseits meiner fünfzig Lenze möchte ich mich stets weiterentwickeln, um Sie als Leserinnen und Leser zu gewinnen.

In diesem Sinne: Viel Freude an den Geschichten.

Herzlichst
Ihr
Gerald Orthen

Aus Trümmern
emporsteigen

Ich schaute ehrfurchtsvoll am Hauptgebäude hinauf. Ganz oben residierte der Polizeipräsident. Praktisch der Herrgott. Und eine Etage darunter lag das Morddezernat, das Ziel meiner Träume als junger Fahnder. Die Herbstluft wehte kühl durch den Hof. Ende September konnte man den schlimmen Hungerwinter noch nicht ahnen, der zum Jahreswechsel 1946/47 zuschlagen sollte. Und so viele Tote forderte, als hätte der Krieg gar nicht geendet. Wir Fahnder waren in Bretterbuden auf dem Polizeiareal in der Bonner Altstadt untergebracht. Schlechter noch, als die Erhaschten im Gefängnis nebenan. Mit der Gerechtigkeit war es eben auch damals so eine Sache.

„Ich soll mich bei einem Kommissar Bräuer melden, Manfred Bräuer", brachte ich, vom Treppensteigen noch außer Atem, heraus.

„Dritte Tür links", schnarrte die Sekretärin aus dem ungewohnt steinernen Vorzimmer des Dezernatsleiters zurück.

„Eugen Kranzel von der Fahndung, guten Morgen, Herr…"

„Hier ist die Akte, Junge. Habe keine Zeit."

Ich, der „Junge" war dreiundzwanzig, traute mich aber jetzt nicht zu einem Hinweis darauf. Kurz und knapp handelte offenbar dieser Kommissar Bräuer. Ein Mann deutlich jenseits der fünfzig, der mit seinem zerknitterten Gesicht sogar als Pensionär durchgegangen wäre. Um seinen Schreibtisch dampfte jede Menge Zigarettenrauch herum.

„Wie beurteilen Sie die Lage?", nahm ich meinen ganzen Mut zusammen.

Er blickte zu mir auf, als würde er mich erst jetzt wahrnehmen.

„Die Kurz ist hysterisch. Aber wenn es um ihre Rente geht, wird die erstaunlich vernünftig."

Mein Gesicht war ein Fragezeichen.

„Sie behauptet, ihr Mann wurde erschlagen und will sein Geld. Ich glaube ihr kein Wort. Finde ihn!"

„Und wie meinen Sie, soll ich…"

„Das wäre alles."

Der Kommissar hüllte sich in eine Qualm-Wolke ein und vertiefte sich in die Papiere auf seinem Tisch.

Die Gasse lag schräg unterhalb des Windeck-Hochbunkers und sah aus wie ein Gebiss voller Lücken und fauler Zähne. Und so ähnlich stank es hier auch. Einzelne unbeschädigte Handwerker-Häuschen wechselten sich ab mit verrußten Trümmerfassaden und Brachen, von denen man den Schutt teilweise bereits abgeräumt hatte. Die Kanalisation funktionierte noch nicht wieder, und ein zähflüssiges Rinnsal im Straßengraben raubte mir fast den Atem. In den heißen Sommertagen zuvor musste es hier von Insekten gewimmelt haben. Die „Adresse" von Ilse Kurz war ein Schuttberg, an dem vorbei ich mühsam zu einem früheren Holzschuppen kletterte, ihrer jetzigen Wohnung. Auf mein Klopfen öffnete mir eine verhärmte Frau von Mitte bis Ende vierzig Jahren.

„Ehrlich, Herr Polizist: Die haben meinen Mann zusammengeschlagen und in den Rhein geworfen. Das habe ich mit eigenen Augen gesehen."

Eben diese Augen riss Frau Kurz weit dazu auf, und selbige schienen aufmerksam zu verfolgen, ob die Botschaft auch ankam.

„Und außer Ihnen hat das also niemand gesehen. Und dunkle Kerle ohne besondere Kennzeichen gibt es zuhauf. Nun ja. – Wer beerbt eigentlich Ihren Mann, gibt es Verwandte?"

„Nix ist da mehr zu erben. Und unser Sohn, der Paul, ist gefallen. Es geht nur um die Witwenrente. Ich habe in all den Jahren dafür gesorgt, dass der Dieter, mein Mann, immer pünktlich geklebt hat. Und das steht doch jetzt mir zu! Ich brauche das. Sie sehen doch, wie es hier aussieht. Und von meiner Familie hat das da keiner überlebt."

Aus ihrer Kittelschürze lugte eine zitternde Hand hervor und wies auf die zerbombte Fläche.

„Aber es wurde kein Toter gefunden. Dabei hätte man den doch längst am Ufer finden müssen."

Sie schob entrüstet den Unterkiefer vor. Ich biss mir auf die Lippe. So direkt wollte ich das gar nicht gesagt haben.

„Dann ist er halt verschollen. Und ich muss eben deswegen die Rente kriegen."

„So einfach ist das mit dem Verschollenen-Recht aber leider nicht, Frau Kurz."

„Was soll ich denn nur tun, Herr Polizist?"

Das war eine gute Frage.

Zurück in der Fahnder-Baracke stellte ich sie mir selbst. Es blieb mir nichts Anderes übrig, als die schmale Akte erneut durchzuackern. Und dabei stieß ich auf die Aussage eines Nachbarn zu dem vermeintlichen Mordopfer:

„Der kurze Dieter war der jüngere Bruder vom Rudi. Und der Rudi war ein hohes Tier bei der Verwaltung in Koblenz. Der Dieter war ja dagegen bloß Pachtwirt von der Gaststätte am Rheinhafen."

Warum hatte mir Ilse Kurz diesen Bruder auf meine Frage nach Verwandten verschwiegen?

„Eine Fahrkarte nach Koblenz, bitte."

Mein Herz pochte vor lauter Jagdeifer. Doch der wurde auf eine lange Geduldsprobe gestellt, denn der Zug dampfte so langsam wie eine Schnecke seine Kurven am Rhein entlang. Ich sah auf ausgedörrte Felder und hier und da Gerippe-artige Reste von Kriegsfahrzeugen, deren Metallteile man längst geplündert hatte. Der Bahnhof von Remagen, etwa auf halber Strecke zwischen Bonn und Koblenz, machte seinem Spitznamen „Zitterbahnhof" zweifelhafte Ehre. Hier überkam die Schmuggler und Maggler regelmäßig das große Zittern an der Grenze zwischen den Besatzungszonen der Briten und der Franzosen. Der französische Bahnhofsvorsteher sollte dem Vernehmen nach schon gegen einzelne dick bepackte Hamsterer angeordnet haben, sie vor einen heißen Ofen zu setzen. So konnte es passieren, dass denen die geschmolzene Butter aus ihren Kleiderverstecken heraustropfte. Und gerade wurde vor meinen Augen am Zugfenster ein Handwagen mit der aufgespürten Beute aus lauter Kohlköpfen, Kartoffeln, Paketen und Zigarettenstangen den Bahnsteig entlanggerollt. Sehnsüchtige Blicke aus hohlen Gesichtern folgten ihm.

Koblenz war eine einzige Trümmerwüste. Es hieß, dass kaum mehr als ein Zehntel der Gebäude der alten Garnisonsstadt unbeschädigt geblieben waren. Unweit des Bahnhofs war in einem davon die Zuteilungsbehörde untergebracht. Als Fahnder wusste ich, dass dies die verlässlichste Quelle für jedweden Aufenthaltsort war, denn Lebensmittelkarten, die brauchte zum Überleben ja jeder.
„Rudolf Kurz? Einen Moment ... An der Liebfrauenkirche acht."
Das war leicht zu finden. Denn in der Altstadt rag-

ten nur mehr einige Bürgerhäuser und Schemen der Stadtkirchen aus Schutt und Asche heraus. So fand ich das gesuchte Gebäude, das sich wie ein mahnender Zeigefinger aus seiner zerstörten Umgebung heraushob.

„Tach, Herr Kurz", vernahm ich eine alte Frau.

Sie grüßte einen Mann mit grauem, schütterem Bart, den ich auf rund fünfzig Jahre schätzte, und der gerade das Haus verließ. Just in dem Moment, in dem ich auf dem Klingelschild den Namen Rudolf Kurz erkannte.

„Tach", knurrte er zurück.

Er wich der Alten aus, als hätte sie ihn gerade bei einer Untat erwischt. Er trug eine zu weite Jacke. Nicht ungewöhnlich unter Hungerleidern, die wir nun einmal fast alle waren. Und dennoch wollte mir diese Gestalt so gar nicht wie ein „hohes Tier" erscheinen, wie in der Akte beschrieben. Instinktiv folgte ich ihm heimlich. Ansprechen konnte ich ihn ja noch jederzeit. Unser Weg führte schnurstracks zum Bahnhof zurück. Ich verstand sein Gemurmel am Schalter nicht.

„Dasselbe, wie der Herr vor mir", verlangte ich.

Das Reiseziel lautete: Remagen. Auf dem Bahnsteig blickte Rudolf Kurz nervös herum, bemerkte mich aber anscheinend nicht. An dem anschließenden Hamster-Getuschel im Waggon beteiligte er sich nicht. Vor allem Kölner und Bonner waren auf die bäuerlichen Erzeugnisse aus den dünner besiedelten Gebieten in der Eifel und am Rhein aus. Hinter Sinzig durchfuhren wir die so genannte goldene Meile. Inzwischen war so viel wieder zugewachsen. Von meinem Grauen in dem riesigen Kriegsgefangenenlager auf diesen Feldern war kaum noch etwas zu erkennen. Über Wochen hatte ich im Frühjahr '45 hier in einem Erdloch gehaust und auf die Türme der zerstörten Rheinbrücke von Remagen geschaut, die den Amerikanern zunächst unversehrt in die Hände gefallen war. Die schmalen Rationen hatten wir im Lager mit Löffeln und Messerspitzen aufgeteilt und vor lauter Hunger fast die blanke Erde gefressen. Über die Stacheldrahtverhaue hatten sie sogar Jagdflugzeuge im Tiefflug drüberdonnern lassen und ja: Diese Einschüchterung hatte wahrlich Erfolg gehabt.

Ich riss mich aus diesen Gedanken heraus, denn nun erreichten wir den Remagener Bahnhof, und ich hatte jemanden zu verfolgen.

„Oui, Monsieur Kurz."

Erstaunlich routiniert steckte der nach der Kontrolle seinen Pass in die Jackentasche zurück. Es dauerte ein wenig, bis mein Dienstausweis Akzeptanz fand. Kurz hatte sich am Bahnhofsgebäude rechts gehalten, und gerade sah ich ihn noch, wie er nun zielsicher links in eine Straße Richtung Rhein abbog. Die Seelenstraße zeigte anhand einiger Trümmer, dass auch hier im Krieg so manche Seele gen Himmel aufgestiegen war. Die Fährgasse hinunter, neben einem alten Kloster rechter Hand, gelangten wir an das Rheinufer. Schön strahlte dies im Herbstlicht, trotz vieler Zerstörungen an der Promenade. Aus etwa fünfzig Metern Abstand beobachtete ich zu meiner Überraschung, dass dieser scheue und zwielichtige Herr Kurz einer Frau in die Arme fiel. Kam mir die nicht bekannt vor? Ich trat näher heran. Die beiden waren so innig einander zugewandt, dass sie das nicht bemerkten. Kein Zweifel, sie war es: Ilse Kurz! Mein Fahndungserfolg elektrisierte mich, und der Fall schien gelöst.

„Herr und Frau Kurz, wie schön Sie zu sehen!"

Sie erstarrten.

„… Herr Dieter Kurz, und nicht etwa Rudolf, um genau zu sein, stimmt's?"

Sie schauten mich entgeistert an, und ihre herabsinkenden Schultern unterstrichen, wie sie jeder Mut verließ. Ich spürte, wie mein Jagdinstinkt einer Bedrückung zu weichen begann.

„Es musste ja rauskommen", fing Ilse Kurz sich als Erste, „er ist Polizist", erläuterte sie dem Mann, der als Häuflein Elend neben ihr stand.

Seine Augen schimmerten feucht, als ich in seine Richtung sagte:

„Kein schlechter Plan: Haben Sie auch den Beruf Ihres Bruders übernommen oder nur die Lebensmittel und seine Wohnung? Während Ihre Ehefrau für Ihr Ableben jenseits der Zonengrenze eine Rente beantragt hat, obwohl sie sich hier, in Remagen, am schönen Rhein, immer treffen."

„Er arbeitet bei der Steuerbehörde. Rechnen hat er ja im Gasthaus gelernt", antwortete Ilse Kurz für ihren Mann, „die haben nichts gemerkt, weil der Krieg doch alle Menschen stark verändert hat. … Was … was wird jetzt aus uns? Kommen wir etwa ins Gefängnis?"

Ich spürte einen Kloß im Hals. Alle mussten wir

uns durchschlagen, und diese beiden hatten doch besonders viel verloren: Den Sohn, die Familie der Frau und: „Lebt Ihr Bruder auch nicht mehr?"

Dieter Kurz antwortete mit rauer Stimme:

„Bestimmt nicht. Mein letzter Stand ist, dass er zum Volkssturm musste. Da unten in Thüringen. Wo sie die meisten Koblenzer vor den Bombenangriffen hin evakuiert hatten. Die, die ihn kannten, sind alle inzwischen zurück, aber er ist seither verschollen."

Mir kam ein Gedanke. Ich ließ ihm freien Lauf:

„Wie schön, dass Sie beide sich hier und heute nach langen Wochen der Trennung erstmals wiedergefunden haben!"

Sie stutzten, während ich fortfuhr:

„Ja, so macht das für mich Sinn: Sie, Herr Dieter Kurz, haben in der französischen Zone eine längere Zeit nach Ihrem Bruder gesucht. Vor lauter Sorge hat sich Ihre Frau derweil in etwas hineingesteigert. Kein Wunder, nach all den Katastrophen, die Sie erlebt hat. Aber jetzt können Sie beide wieder wohlvereint nach Bonn fahren. So schreibe ich das mal auf. – In diesem Sinne also: Herzlich willkommen!"

Ein Anflug von einem Lächeln auf dem verhärmten Gesicht zeigte mir, dass Ilse Kurz zuerst zu begreifen begann.

„Und die beiden sollen sich da also urplötzlich in Remagen wiedergetroffen haben? Und du, mein Junge, warst ganz zufällig dabei?"
Sein zerfurchtes Gesicht verriet, welchen Wahrheitsgehalt er meinem Bericht beimaß.
„Ja. Es sind eben merkwürdige Wege, auf denen wir alle aus den Trümmern herausklettern, Herr Kommissar."
Er hob die Augenbrauen, fixierte mich, und mir wurde sehr heiß. War es das für mich mit dem Morddezernat?
Plötzlich erhellte ein leichtes Grinsen das Gesicht von Kommissar Bräuer. Irgendwie zufrieden. Aber nur eine halbe Sekunde lang.
„Du scheinst mir immerhin nicht auf den Kopf gefallen zu sein."
Er senkte den Oberkörper, und ich wandte mich mit roten Wangen zur Tür. Ich war schon fast draußen, da hörte ich seine Stimme leise fragen:
„Interesse am Morddezernat?"
Ich wirbelte herum.

„Ja! … Und wie!"

„Dann komm morgen wieder."

Das verborgene
Meisterwerk

Anne hört die Absage schon beim ersten Wort heraus.

„Weißt du, ich, also ich kann heute doch nicht zu der Ausstellung mitkommen. … Es geht mir nicht so gut."

„Schon in Ordnung. Schade. Also dann, mach's gut."

„Danke für dein Verständnis. Bis bald. Ich melde mich."

Es knackt in der Leitung, und auch Anne legt auf. Old fashioned, mit diesem Festnetz zu telefonieren. Aber Annes Diensthandy mag sie aus Prinzip nicht privat benutzen. Kripo-Rufbereitschaft, da bleibt diese Frequenz frei. – Und jetzt? Alleine losdackeln? Anne schaut über den Schreibtisch. Am Laptop, ebenfalls ein Dienstgerät, bleibt ihr Blick hängen. Hochfahren und nochmal alles durchgehen? Ein Fall der ungewöhnlichen Sorte. Komplizierte Verstrickungen, International Affairs, vielleicht stecken sogar Geheimdienste mit drin. Sie überlegt nur kurz. Nein, sie ist fünfundfünfzig und ebenso viele Arbeitsstunden hat diese Woche bereits gehabt. Mindestens. Wenn der Job sie nicht auffressen soll, muss sie auf andere Gedanken kommen. Entschlossen klappt sie den Laptop zu und steht auf.

Unterwegs denkt sie über das Telefonat mit Rita, ihrer besten Freundin, nochmal nach. Anne fühlt sich verschaukelt. Nein, der Tonfall in ihrer Stimme hat nicht mit einer überraschenden Unpässlichkeit zusammengepasst. Das ist ein Märchen. Hat Rita nur keine Lust auf Kunst oder hat sie keine Lust auf Anne?

Keine Überraschung: Der Vorplatz der Gemäldegalerie ist zum Großteil Baustelle. Wo ist in Berlin keine? Eher ist Anne überrascht, auf dem geschrumpften Plätzchen vor der Matthäuskirche eine Parklücke für ihren Fiat zu finden. Sie steigt aus und beschleunigt sogleich ihre Schritte zum Museum. Weil vor ihr gerade ein Touri-Bus eine

wild durcheinander plappernde Ladung von Lo-
riots Kulturschnepfen erbricht. Hätten 500 Jahre
zuvor die Herren Mantegna und Bellini so viel
Fleiß darauf verwandt, bis heute als „Meister der
Renaissance" tituliert zu werden, wenn sie dieses
Bild hier gesehen hätten?

Anne schleicht durch die Ausstellung. Sie ahnt,
dass sie vorhin noch aus einem anderen Grund
plötzlich schneller gegangen ist. Instinktiv. Es ist
nicht richtig greifbar, und dennoch spürt sie es:
Man hat sie beobachtet. Es muss ein archaischer
Restant sein, denkt sie, der sogar warnt, wenn der
fremde Blick von hinten kommt. Aber niemand
unter den Besuchern fällt ihr auf. Auch nicht, wenn
sie sich ständig umdreht. Stattdessen sollte sie
sich doch besser davon beeindrucken lassen, wie
genial die alten Meister in ihren Bildern beinahe
drei Dimensionen erzeugten. Der heilige Hiero-
nymus sitzt ganz eindeutig vor seiner Felshöhle.
Und dieser Eindruck kommt nicht allein durch die
raffinierte Beleuchtung zu Stande. Aber irgendwie
ist Anne angespannt und auch genervt. Wiedermal
allein unterwegs. Da schaut sie automatisch, wie
viele Pärchen hier herumlaufen. Selbst wenn die

zum Teil durch Kopfhörer voneinander getrennt sind, auf die Anne bei Ausstellungen immer verzichtet. Ein Bild sagt eben mehr als tausend Worte. Aber heute schweigen die Bilder sie an. Sogar der würdige Doge, das Paradestück der Galerie. Der Mund des venezianischen Herrn und obersten Richters ist nicht etwa verkniffen, nein, nein. Die Begleittafel verrät, dass die hellere Seite seines Gesichts Strenge zeigt, während die andere Hälfte Milde ausstrahlt. Oha! Da hat Anne die Herren Juristen aber ganz anders kennengelernt. Vor allem die vom hohen Gericht. So hoch, dass sie ganz klein ist, wenn sie ihre Zeugenaussagen macht. Sie hasst es, wie die sie ihre Rolle als *Hilfs*-Beamtin der Staatsanwaltschaft immer wieder spüren lassen.

Bellinis farbenfrohes „Fest der Götter" bewahrt Anne vor Bitterkeit. Doch bevor sie ganz in das Bild versinkt, meldet sich ihr Alarmsystem erneut. Das springt bereits an, wenn sie jemand länger als den winzigen Augenblick anschaut, in dem fremde Menschen sich normalerweise gegenseitig mustern. Die Frau dreht ein wenig zu rasch ihren Kopf weg. Tiefschwarze Haare wehen wie ein dunkler

Vorhang durch das Fest der Götter. Anne schaudert, wie sie angestarrt worden ist. Irgendwie … analytisch. Wenn auch nur für Sekundenbruchteile, bevor diese Person in der Besuchermenge verschwunden ist. Anne ärgert sich darüber, wie sehr sie das aufgeschreckt hat. Nun hat sie den Bezug zu den Bildern völlig verloren und wendet sich zum Ausgang.

Anne steigt die Stufen vor dem Museum hinab und sieht, wie sich der Himmel bezieht. Wird es endlich regnen? Das Café auf halber Höhe vor der Baustelle sieht nicht gerade einladend aus. Biergartenmobiliar auf Holzbohlen und eine Abfertigung mit Plastiktabletts wie in der Polizeikantine. Trotzdem entscheidet sich Anne für ein Quiche Lorraine mit Salat, einen Milchkaffee und zahlt dafür eine Unsumme. Sie setzt sich sicherheitshalber unter eine Markise. Wenige Bissen später erschrickt sie aufs Neue.

„Darf ich mich dazusetzen?"

Es gibt ringsum freie Tische.

„Ja, gern", lügt Anne höflichkeitshalber und blickt auf.

Lange, kräftige und tiefschwarze Haare, so perfekt

wie in einer Shampoo-Reklame, umranden ein asiatisches Gesicht. Die Frau, Anfang dreißig, lächelt. Freundlich, wie es scheint. Sie trägt ein hellrotes Sommerkleid, dessen Farbe Anne zuvor, in der abgedunkelten Umgebung um die strahlenden Bilder, nicht erkannt hatte. Intuitiv schließt Anne dennoch jeden Zweifel aus: Das ist die Frau von vorhin.

„Es ist nur, falls es gleich regnet, und die anderen Plätze sind ja nicht überdacht", fährt die Asiatin mit entschuldigend klingendem Tonfall fort.

Nach Annes Wahrnehmung blickt sie auffordernd herüber, während sie ihr Handy auf dem Tisch ablegt.

„Ja, bestimmt regnet es gleich,", antwortet Anne und findet sich selbst wenig originell, „schon erstaunlich, dass bei dieser Wettervorhersage heute nicht noch mehr Leute zu dieser Ausstellung kommen. Dazu noch am Sonntag."

War das jetzt so langweilig, dass die Asiatin aufsteht und geht? Anne hofft jedoch jetzt, dass sie bleibt. Eine schöne Frau, eine geradezu perfekte Frau, mit einer geheimnisvollen Ausstrahlung. Wer könnte je ein asiatisches Lächeln interpretieren? Ein Lächeln von roten Lippen, die keinen

Lippenstift zu benötigen scheinen. Angestrahlt von makellosen Zähnen.

„Da haben Sie Recht. Wir hatten Glück. Ich mag jedenfalls keine Menschenhorden in Ausstellungen."

Dieses Lächeln scheint wirklich freundlich gemeint zu sein.

„Sie sprechen gut deutsch."

Anne beißt sich auf die Zunge. Ist es nicht schon rassistisch anzunehmen, dass jemand mit Mandelaugen und Bronzehaut nur schlecht deutsch sprechen kann? So hat sie es aber doch gar nicht gemeint. Doch das Lächeln vermittelt Anne nun Verständnis. Gott sei Dank.

„Ich komme aus Japan. Aber ich habe in Heidelberg studiert."

„Da wollte ich auch mal hin. Hat leider nicht geklappt. Wegen der ZVS. Also, das ist so eine Behörde…"

„Ich kenne die ZVS. Zu welchem Ort hat die Sie denn verdonnert? Am meisten habe ich damals Paderborn befürchtet."

„Nah dran: Münster! Ich habe mir direkt ein Fahrrad gekauft."

Jetzt lächelt auch Anne einmal.

„Und was?"

„Was ich studiert habe? Jura. Und Sie?"

„Geschichte. Mit einem hohen Anteil Kunstgeschichte. Darum bin ich heute hier. Auf der Suche nach bedeutender, nach intelligent gemachter Kunst. Wissenschaft und Ästhetik so zu vereinen, dass das Bild vom Menschen beinahe so echt erscheint, wie der wirkliche Mensch. Dafür stehen für mich die großen Meisterwerke der Renaissance."

„Interessant. Und was meinen Sie zu dieser Ausstellung?"

Wieder lächelt die Asiatin. Anne kann das offenbar doch deuten, denn es scheint eine Spur Sarkasmus darin zu liegen.

„Im Vergleich mit den Uffizien oder den vatikanischen Museen ist das hier nur ein … kleiner Ausschnitt."

„*Ein Klacks*", wollte sie wohl sagen, denkt Anne, natürlich formulieren Kunsthistoriker das aber anders.

„… Jura, das fand ich auch spannend", wechselt die Asiatin das Thema, „Aber das war so weit verzweigt. Für alles gibt es Regeln, besonders hier in Deutschland. Welchen Schwerpunkt haben Sie gewählt?"

„Strafrecht. Das war mein Steckenpferd."

Ja, das war es einmal. Heute ist Anne längst von der Welt der rein formalen Beweiswürdigungen ernüchtert. Die Asiatin hebt die Augenbrauen, sie scheint zu spüren, dass Anne das Thema nicht gefällt und wechselt erneut zu einem Anderen:

"Ich bewundere Frauen, die so selbstverständlich elegant gekleidet sind, wie Sie. Und die blauen Augen, dazu noch so schöne dunkelblonde Haare, also ehrlich: Halb Japan läge Ihnen zu Füßen."

Anne errötet. Soll das eine Anmache werden? Hat sie vorhin einen Augenblick zu lange auf die wohlgeformten Brüste der Mägde beim „Fest der Götter" geschaut? Wurde sie deshalb so angestarrt und dann angesprochen?

„Also, ich weiß nicht. Ich trage doch keine Designerstücke. Bin ja im Dienst, wissen Sie? Und halb Japan? Das müssten dann wohl leider die älteren Semester sein. So viel Ehrlichkeit gehört sich ja denn doch."

„Ach, nein, kommen Sie! Sie sind garantiert Ende der Siebziger Jahre zur Welt gekommen, stimmt's?"

„Nein, nein. Was soll ich lügen: Mein Baujahr ist 1964. Aber danke für die Blumen."

„Das glaube ich Ihnen niemals. Bestimmt nicht.

Und was bedeutet das, Sie sind im Dienst?"

Darüber redet Anne nicht gern. Aber sie fühlt sich jetzt so … verstanden. Und die Komplimente gefallen ihr gut.

„Kripo. Morddezernat."

„Ui! – Das ist japanisch für: Ui!"

Sie lachen beide.

„Ist nur Rufbereitschaft", erklärt Anne, „eigentlich habe ich heute frei. So was in der Art jedenfalls."

Die Asiatin nickt mit dem Kopf, als sei sie sehr verständig. Aber wirkt ihre Miene nicht eine Spur zu starr dafür?

„Ich heiße übrigens Neko Mira."

Sie nickt dazu noch einmal. Kein Handschlag. Das ist, so scheint es Anne, in Japan nicht üblich. Sie nickt zurück.

„Anne Gussmann. Sehr erfreut."

„Anne? Ist das eine Abkürzung?"

Anne lacht.

„Ja, gut durchschaut. Komplett hieße es: Annemarie. Aber das ist eigentlich auch nur mein Zweitname."

Anne findet sich jetzt etwas zu redselig.

Die Nachfrage folgt prompt:

„Und der erste?"

Anne druckst herum.

„Scheuen Sie sich nicht", fährt die Asiatin fort, „Neko ist auch eigenartig, das heißt auf Deutsch: Katze."

Sie hebt die perfekt gepflegten Hände, deutet Krallen an und kratzt mit den Fingern einen imaginären Katzenbaum.

„Gisela."

„Gisela?", die Asiatin lacht scheinbar herzhaft, und sie streicht sich mit der „Krallenhand" durch ihr Haar.

„Nun ja, die heilige Gisela stand eben Pate."

„Gisela?", die Asiatin lacht scheinbar herzhaft, und sie streicht sich mit der „Krallenhand" durch ihr Haar.

Moment mal! Annes Lächeln gefriert. Das … das ist doch gerade schon einmal so abgelaufen. Also erst die Rückfrage: „Gisela?". Und dann das Lachen zu der Geste mit der Hand durch das Haar. Eine lupenreine Wiederholung. Vollkommen identisch. Aber das ist doch ein Ding der Unmöglichkeit, denkt Anne. Kein Mensch kann eine Äußerung samt Tonlage, Lautstärke, Ausdruck, Gestik usw. so exakt, wirklich 1:1, wie Anne es wahrgenommen hat, wiederholen, sich selbst kopieren. Und jede Aktion, jede Bewegung ist immer ein wenig anders, selbst wenn man noch so sehr versuchen würde, sie exakt gleich auszuführen. Anne fröstelt. Die ersten Regentropfen klatschen auf die Markise. Tausende Tropfen, Millionen, Milliarden, und doch ist keiner genauso wie der andere. Nur ähnlich, mehr Kopie kennt die Natur nicht. Lupenrein wiederholt sich der Sound beim Sprung in der Platte oder die ewigen Fernsehserien. Etwas Technisches. Etwas Künstliches. Im Gesicht der Japanerin bildet sich eine fragende Stirnfalte. Anscheinend.

„Was, äh, was haben Sie gesagt?", fragt Anne.

Die Asiatin schaut jetzt eindeutig ernster drein. Anne versucht einen Röntgenblick in eines der schmalen Augen. Aber ihre eigene Sicht dringt nur die Millimeter bis zu der braunen Iris ihres Gegenübers vor, und die Augenoberfläche darüber spiegelt Annes Gesicht. Und nun bilden sich darum winzige Ansätze von Lachfältchen, während die Asiatin antwortet:

„Ich meinte, dass Anne dann wohl wirklich viel besser klingt. Darf ich Sie Anne nennen?"

Jetzt hat Anne es: Wissbegierig ist dieser Blick. Wieso ist die eigentlich so wissbegierig? Was die alles von ihr wissen will. Und mit welcher Bereitwilligkeit Anne alles ausgeplaudert hat. Wie eine Plappertasche, rügt sie sich. Aber was könnte die wollen? Der weiterhin ausforschend-analytische Ausdruck in diesen Augen lastet auf Anne. Wie bei einer Hypnose. Als würde ihr Gegenüber das bemerken, variiert die Asiatin ihre Miene und verstärkt das Lächeln.

„Und ich bin Meko", säuselt es zu Anne herüber.

Dieses Lächeln ist falsch! Diese ganze Person ist falsch!

Die Folien aus einem Seminar im Frühjahr tauchen vor Annes innerem Auge auf. Crashkurs in agilen Methoden, im Zuge von Ermittlungen in der Start-Up-Szene. Zum Einstieg gab es ein Streiflicht über die Entwicklung von Robotertechnik und künstlicher Intelligenz. Ein selbstgesteuerter Gehapparat aus Metall war da zu sehen, der sogar Saltos schlägt und immer auf seinen Eisenfüßen landet. Beeindruckend. Und erschreckend. Der Seminarleiter meinte, es sei unbekannt, wer so etwas (weiter-) entwickle und wozu. Ein Rettungsroboter nach einem Flugzeugabsturz mit brennenden Trümmern?

Oder ein perfekter Soldat? Unerbittlich geht dieser Kämpfer vor. Schmerz kennt der nicht. Und diese Grundtypen würden anderswo ummäntelt, um sie wie richtige Menschen aussehen zu lassen. „Human Design" – oder so etwas Ähnliches. Die könnten dann auch sprechen und überhaupt wie echte Personen agieren. Hieß es nicht ferner, daran würde vor allem in Asien, ja sogar in Japan, laboriert? Die seien da führend?

„Quatsch!", ruft sich Anne innerlich zur Ordnung. Das ist Zukunftsmusik. Grusel, geformt aus einer Sci-Fi-Vorstellung. Obwohl: Da war noch dieses eine Foto auf der letzten Folie. Eine – kann das Zufall sein? – asiatische Frau mit „echten" Haaren und „echter" Haut. Mit Augen, die blinzelnd das Licht reflektierten. Aber das war alles fake!

Anne betrachtet ihr Gegenüber noch genauer. Diese Haare müssen aber doch natürlich gewachsen sein! Die sind nicht aus Kunststoff und auch nicht angeklebt. Und die Haut. Die hebt und senkt sich am Hals beim Atmen, und das ist zutiefst menschlich. Das muss einfach so sein. Oder können „die", wer immer das ist, der makellosen Haut die eine oder andere Falte einfach hinzuzaubern? Passend dann, wenn die Algorithmen auf Anzeichen von Zweifel des menschlichen Gesprächspartners deuten? Wie auch immer, Anne hat dieser „Person" jedenfalls schon viel zu viel verraten. Wer sie ist, wo sie arbeitet, wie sie heißt. Verdammt, wieso musste Anne den Namen „Gisela" offenbaren, wo doch ihr Passwort, zur alltäglichen Einstimmung auf ihre Arbeit, „Gisela1964", lautet.

„Ich … ich muss jetzt gehen. Die Arbeit. Ich muss nach Hause. … War nett, Sie zu treffen", stammelt Anne.

„Sagten Sie nicht, Sie hätten eigentlich frei? Was arbeiten Sie dann zu Hause? Möchten Sie nicht vorher noch was trinken? Vielleicht Tee? Kann ich Sie irgendwo hinbringen?"

„Nein. Nein!", ruft Anne. So laut, dass sich ringsum Köpfe herdrehen.

Anne springt auf. Sie hastet los. Mitten hinein in den Regen. Schnell die Stufen hinab. Autotür auf und rein in den Fiat. Das Wasser tropft ihr aus den Haaren ins Gesicht. Sie würgt den Motor ab. Schaut verzweifelt zu der halben Höhe zur Ausstellungshalle hinauf. Die Frau oder dieses „Ding" mit dem roten Kleid und den schwarzen Haaren schreit in ihr Handy. Die Leute gaffen angesichts dieser plötzlichen Aufregung hin und her. Am Telefon gestikuliert dieses Etwas, dieses Biest, wild, emotional, – menschlich? Zweites Anlassen, Gas und los! Wer diesen Anruf wohl bekommt, fragt sich Anne. Sie rast an der Baustelle vorbei, drängelt sich auf die verstopfte Hauptstraße. Anne schwitzt, obwohl es nicht heiß ist. Sie hat sich aushorchen lassen. Jetzt klebt sie in dem zähen Verkehr fest. Dieses Taxi da, wie lange folgt ihr das schon? Die sogenannte „Asiatin" hat sie nicht nur ausgefragt, sondern optimal dafür gesorgt, dass sich Anne längstens von ihrem Laptop zu Hause fernhält. Oh Gott, kann sie es überhaupt riskieren, in die Wohnung zurückzukehren? Anne hechelt nach Luft. Soll sie nicht besser die Polizeikollegen rufen? Aber was wird sie denen sagen? Sie wurde ausgehorcht und festgehalten von einem Wesen mit künstlicher Intelligenz asiatischen Ursprungs? Derweil Einbrecher in ihre Wohnung – wer auch immer – die Ermittlungsakte mit den International Affairs hacken? Die werden sie für überspannt halten. Für hysterisch oder gar paranoid. Die Schwächen einer Frau im Männerberuf, da haben wir es mal wieder. Anne kaut so heftig auf der Unterlippe, dass sie Blut schmeckt. Das

Taxi fährt immer noch hinter ihr her. Anne blinkt nicht und reißt das Steuer nach links. Obwohl es jetzt nicht mehr regnet, gerät sie auf der nassen Fahrbahn ins Schleudern. Bei „Frau Behrens Torten" an der Ecke reißen die Besucher an den Außentischen die Augen auf. Doch Anne schafft es, mit jaulenden Reifen heil einzubiegen.

Vor ihrem Haus fährt gerade ein Wagen aus einer Parklücke. Ein Apothekenlieferwagen. Was der am Sonntag hier gesucht hat? Hauptsache Parkplatz. Anne atmet tief durch. Alleine da hinauf? Und wenn die Einbrecher noch in der Wohnung sind? Was werden die mit ihr machen? „Die", die so tückisch vorgehen, eine Menschenpuppe auf sie anzusetzen. Welche ihrerseits Informationen über Anne durchgegeben hat. Etwa jene, dass sie auf dem Rückweg nach Hause ist und „die" schnell verschwinden müssen? Oder wurden die Zutaten für ihr Passwort weitergegeben, und „die" lassen es darauf ankommen, Anne jetzt und hier zu begegnen?

Im Flur ist es totenstill. Bestimmt sind die Nachbarn auf ihren Sonntagsausflügen. Anne klettert die Stufen empor. So leise wie möglich. Ihr Herz wummert. Können „die" das hören? Anne horcht an ihrer eigenen Tür. Nichts. Mit zitternden Händen schließt sie auf. Schloss und Schlüssel scheinen lautstark zu dröhnen. Anne keucht. Nichts. Mit verkrampften Beinen geht sie in Zeitlupe durch die Wohnung. Ihre Waffe! Sie spannt den Hahn und schleicht weiter. Wie ein Einbrecher, der Entdeckung fürchtet. Alle Zimmer sind leer. Der Laptop steht an seinem Platz. Anne senkt die Pistole und seufzt. Nichts. Absolut nichts.

Anne spürt, wie sich ihr Puls ganz langsam senkt. Ein Glas Wasser trinken, dann die Akte aufmachen, beschließt sie. Arbeiten findet Anne zur Ablenkung besser, als mit Rita zu telefonieren oder gar mit sich selbst ins Gericht zu gehen. Für ihre absurden Befürchtungen und Fehlinterpretationen. Künstliche Intelligenz – Schreckensvision der Zukunft. Aber doch nicht jetzt und hier. Anne trinkt einen Schluck. Sie setzt sich an den Schreibtisch. Sie drückt den Startknopf auf der offenen Tastatur.

Und erstarrt.

Sie könnte schwören, dass sie den Laptop vor ihrem Aufbruch zugeklappt hat.

Frühlingserwachen

Frühling. Das steht bei mir für: Frühlingszauber, Frühlingsluft und -duft, für Frühlingsgefühle, außerdem für Frühlingsrollen? Naja, die gibt es auch sonst immer – nehmen wir also noch: Frühlingserwachen. Ja, das ist schön. Nach einem langen Winterschlaf sorgt der Frühling für frische Kraft. Die kann man dann beim Frühjahrsputz vergeuden oder man macht es wie ich und investiert sie für eine Tat, für die es mir zu allen anderen Zeiten an Kraft und Mut fehlt.
Eine heroische Tat.

Im Frühling gehe ich zum Zahnarzt.

Anderen Menschen mag das leichtfallen. Das sind solche Optimisten. Bestimmt kennen Sie die Definition dafür: Der Optimist geht ohne Geld in der Tasche ins Nobelrestaurant. Dort bestellt er Aus-

tern, weil er darauf hofft, eine Perle darin zu finden, mit der er bezahlen kann.

So bin ich nicht gestrickt! Ausgeschlossen!
Und darum gehe ich auch nicht zu irgendeinem
Zahnarzt. Nein, bereits die Auswahl ist ein Pro-
jekt mit hohen strategischen Anforderungen. Da
ist zunächst die Lage der Praxis. Fußläufig von zu
Hause muss sie erreichbar sein. Denn die mentale
Vorbereitung findet so in beruhigend gewohnter
Umgebung statt. Meditation – Gebet. Und dann
schnell los. Ohne Fluchtauto oder eine Haltestel-
le unterwegs zum vorzeitigen Ausstieg. Weiterer
Vorteil: Auch der spätere Rückweg ist kurz. Und
das spielt bei schweren Kriegsverletzungen eine
große Rolle, glauben Sie das! Außerdem muss die
Praxis auch noch gut mit einem Rettungswagen
ansteuerbar sein. Für alle Fälle. Ich will darüber
nicht konkreter spekulieren – andererseits: Bei
meiner Wurzelbehandlung damals, also da fühlte
ich mich schon sehr nahe dran.

Jedenfalls heißt meine Devise: Safety First. Und
genau das gilt auch für die Auswahl des Zahnarztes. Wenn Sie jetzt einwenden, es müsse heißen:

„… Auswahl der Zahnärztin oder des Zahnarztes", haben Sie natürlich Recht. Grundsätzlich jedenfalls. Ich versichere, dass ich jegliche Diskriminierungen wegen jung/alt, männlich/weiblich/divers, dick/dünn usw. ablehne. Aber ich will so ehrlich sein: Mein Zahnarzt ist ein Zahn-Arzt, und außerdem ist er mittelalt. Keinesfalls zu jung und unerfahren, keinesfalls zu alt und einer Sehschwäche verdächtig. Außerdem stelle ich Mindestanforderungen an seinen Lebenswandel. Das rührt daher, dass in meinem alten Heimatstädtchen ein Dentist als fleißiger Kneipenbesucher bekannt war wie ein bunter Hund und des Öfteren über die Straßen torkelte. Gerüchte von Unfällen mit abgerutschtem Bohrer scheinen mir bis heute zu detailgetreu, um unwahr zu sein.

Als ich entsprechende Erkundigungen über meinen aktuellen Dentisten in seiner Praxis einziehen wollte, bekam der das leider irgendwie mit. Und fand es gar nicht lustig. Er verbirgt seither immer mit hochgezogenem Mundschutz sein Gesicht vor mir. Freunde werden wir anscheinend nicht.

Es ist soweit. Ich bin schon auf der Straße. Ich spüre, wie sich meine Schritte verlangsamen und die Schultern noch tiefer sinken. Dabei ging es mir vorhin bei der Meditation noch ganz gut. Ich vertiefte mich in die Vorstellung, dass die Bazillen gegen mein Verteidigungsbündnis chancenlos sein müssten. Die Nato verfügt über nichts im Vergleich zu meinem Waffenarsenal: Mehrere Markenzahnbürsten (manuell und elektrisch), Top-Zahncremes in ständigem Wechsel, Zahn-Zwischenraum-Stäbchen, Mundwasser und Zahnpflegekaugummis – die teuren, die mit viel Xylit – zu jeder Gelegenheit eingesetzt, das muss doch einfach reichen. Mein Umfeld, besonders meine Familie, reagiert übrigens übertrieben gereizt und abweisend auf meine dentistischen Verbrauchertipps und Mahnungen.

„Du wirst noch sehen, was du davon hast", drohte mir gar meine Frau neulich. Dabei wollte ich ihr und unserer Tochter nur ganz kurz den Stapel mit meinen einschlägigen Testheften präsentieren. Ich verstehe so eine Reaktion überhaupt nicht, ich weiß es doch einfach nur besser und meine es auch noch gut.

Auf der Treppe im Ärztehaus stockt mir vorübergehend der Pfefferminz-Atem. Aber auch hier zahlt sich meine strategische Vorbereitung aus: Die Praxis erreiche ich nach wenigen Stufen in der Etage 1. Klingeln, Türbrummen – und dann dieser Geruch. Jedes Mal denke ich, was das wohl für ein Zeug ist – und jedes Mal danach recherchiere ich das nicht, weil ich es ja dann hinter mir habe.

Ich gebe der Helferin meine Plastikkarte. Dabei lenke ich sie von meinem Zittern der Hände ab, indem ich witzele, dass es die elektronische Patientenakte bestimmt immer noch nicht geben wird, wenn nur noch das letzte Jahresfeld auf meinem Papier-Bonusheft frei ist. Das bringt mir ein mildes Lächeln ein. So als hielte sie mich für einen Typen von der Sorte: „Mutti, Mutti, er hat gar nicht gebohrt."

Es gab eine kurze Phase in meinem Leben, da wurde ich deutlich weniger herablassend behandelt:
„Ah, der Herr Referendar!", begrüßte mich damals der Zahnarzt persönlich. Aber das sollte natürlich heißen:
„Ah, der Herr Privatpatient!!!", dong, dong, dong, drei Ausrufezeichen bzw. Dollarzeichen. Referendare wurden damals nämlich noch auf Zeit verbeamtet.

Im Wartezimmer entscheide ich mich für was Leichtes: Die Bunte. Dreimal lese ich den Artikel über irgendein Königshaus. Es hat keinen Zweck, ich sehe doch nur die Bilder mit dem berühmten Zahnpasta-Lächeln der Akteure – schon bin ich wieder drin im Thema.

Da werde ich gerufen. Natürlich habe ich einen Termin. Heute ist Dienstag. Montage schließe ich aus. Man kennt die Fehlerquote von der Industrie, Stichwort: Montagsauto. Und die besondere Unruhe der Menschen findet sich bestimmt nicht nur an den Schulen. Auch Freitage sind tabu. Ein von der Arbeitswoche abgeschlaffter Doktor? Geht gar nicht! Das habe ich der Helferin am Telefon im Vorfeld schon ganz klar gesagt. Da ist die auch noch sauer geworden!

Ich wische unauffällig meine Hand an der Kleidung ab, will keinen schwitzigen Handschlag mit dem – mittelalten – Zahnarzt. Wegen des Mundschutzes sehe ich lediglich seine Augen. Wach und scharf. Richtig streng ist dieser Blick.
„Nur Kontrolle", hauche ich.
Er nickt.

„Wir werden sehen."

Ich schlucke. Ich bin etwa gleich groß wie der Doktor. Aber unser Größenverhältnis wendet sich nun drastisch zu meinen Ungunsten. Runter und nach hinten zugleich. Diese Technik muss der Teufel erfunden haben. Um mit seinen Opfern in die Hölle hinabzufahren. Automatisch krallen sich meine Finger in die Oberschenkel. Zur Not kann ich feste darein kneifen und ein zweites Schmerzzentrum zur Ablenkung erzeugen. In einer solchen Position, von Verhandlungsposition kann keine Rede sein, wurde mir schon Mal ein Goldzahn angedreht. Ich sehe die weiße Decke, die erbarmungslosen Lichter und vermeide den Blick auf die Folterinstrumente auf der Abstellfläche. Ein konzentriertes Augenpaar und das Spieglein kommen näher.

„Ffff", mache ich, denn jetzt folgt auch dieser Enterhaken.

„Mund bitte weit öffnen."

Ich gehorche, als wollte ich ein Geständnis aufsagen. Beim ersten Kratzer presse ich die Augenlider aufeinander. *Krrr, Krrr,* höre ich umso lauter, wie der Haken Schmelz und Zahnfleisch entert. Sehnsüchtig warte ich auf die erlösenden Worte. Beim letzten Mal kamen die, Zahn für Zahn. Spitzenreiter ist: „ohne Befund", dicht gefolgt von: „Füllung intakt" und: „Krone stabil". Jedes Mal folgte mein innerliches: „Jaaa, bitte mehr davon!"

Aber jetzt sagt der gar nichts. Der wühlt nur da rum. Verdächtig lange an ein- und derselben Stelle. Bitte nicht, nein. Wenn ich noch ein bisschen mehr presse, dann flutschen meine Augäpfel nach hinten, mitten in das Hirn hinein.

„Was haben wir denn da?"

Was für eine Frage! Und wieso: „wir"? Nebenan, in Zimmer 2, kreischt ein Bohrer los. Noch ein armer Hund – aber was wird mit mir? Der Sirenenton lässt mir die Resthaare zu Berge stehen, und ich schwitze wie ein... „Wir müssen die Krone abnehmen, darunter ist etwas abgeplatzt."

Abgeplatzt, wer denkt sich eigentlich solche Wörter aus? Die Helferin, die ich gerade nicht sehen kann, stopft mir lauter Tupfer in die Hamsterbacken. Verdammt, mit welchem Blutzoll rechnen die denn hier?

„Hm Hm hm hm hm hm!", wimmere ich durch die klumpigen Zellstoffberge.

Das soll heißen: „Extra-Termin, nicht heute!", mein Notausstieg.

„Das duldet keinen Aufschub. Das geht bis zur **Wurzel** durch."

In mir fällt etwas zusammen. Meine Tapferkeit? Mein Stolz? Oder gar mein Lebenswille? Wieder heult der Bohrer nebenan. Ich will tauschen. Was ist schon ein Kariesloch gegen das böse Stichwort: „Wurzel". Der Doktor spricht es gerade erneut aus: „Wurzelspitzenresektion vorbereiten", so weist er die Helferin an.

„Wurzelspitzenresektion", das ist wie: „Daumenschrauben" oder: „Einmal Teeren und Federn vorbereiten" oder: „iron maiden", die eiserne Jungfrau, eine Hölle aus Stacheln und Qual.

„Nehmen Sie bitte vorab noch diese Beruhigungstablette. Es wird gleich heftig. Ich fahre sie erstmal wieder hoch. Zum Durchschnaufen."

Fließt da noch Schweiß? Oder sind das Tränen? Mir ist schwindelig. Im Kopf spuken Bilder herum: Karius und Baktus schlagen feixend mit ihren Spitzhacken drauflos, Mr. Bean bohrt sich selbst in die Zähne und dann dieser Gruselfilm mit Dustin Hoffmann, der von einem Nazi-Arzt mit dem Zahnbohrer traktiert wird. Neben der in Papier eingeschlagenen Tablette nehme ich die bereits aufgezogene Spritze wahr. So ein Riesending, das muss der von seinem Kollegen Tierarzt ausgeborgt haben. Wie konnte es nur soweit mit mir kommen?

Mit schüttelnden Händen packe ich die Pille aus. Komisch, die sieht wie ein Pfefferminz, so wie ein Mentos, aus. Gelächter hinter mir. Blanker Hohn! Halluziniere ich? Oder hört sich das wirklich an wie meine Familie? Ich drehe mich um, soweit es auf dem Stuhl geht und sehe den Zahnarzt – jetzt ohne Mundschutz. Wie der grinst. Diabolisch. Und die Helferin daneben. Die auch. Das ist ein Alptraum, aber in echt.

„Schau mal auf das Papier, Papa."

Das ist eindeutig meine Tochter, und meine Frau steht daneben, hält sich die Hand vor den Mund. Vor Entsetzen? Ich nehme das Papierchen, aus dem ich die Tablette ausgewickelt habe, zwischen die Finger und hebe es vor meine Augen. Die Buchstaben tanzen. Ich fixiere sie, bis sie stehenbleiben. Zwei Worte. Zwei Mal dasselbe. Was soll das? Mit letzter Kraft, kurz vor der Ohnmacht, erkenne ich: Was das bedeutet und welch unverhofftes Frühlingserwachen sich hier gerade abspielt:

„April, April."

Die ungeahnte Begegnung

Irgendwie denkt er beim Betreten seines Büros, dass er den Besucher kennt, der verlegen lächelnd auf ihn wartet. Wie aus dem Nichts ist da so ein Vertrauen zwischen ihnen spürbar, das er nicht versteht. Denn er weiß nicht, wer der alte Herr ist, kennt weder seinen Namen, noch sein Gesicht. Obwohl, das Gesicht, das kommt ihm doch bekannt vor, sogar sehr bekannt. Diese Ähnlichkeit …, nein, das kann einfach gar nicht sein.

„Guten Morgen", bemüht er sich um eine feste Stimme.

Hundertfach geübt hat er diesen Tonfall, der Sachlichkeit, Abgeklärtheit und Wissensvorsprung ausstrahlt und zugleich eine wohldosierte Freundlichkeit mit einem Schuss Empathie. Nicht unbedingt so, wie bei den Ärzten, a la:

„Guten Morgen, wie geht es uns denn heute?",

nein, mehr so ein:

„Guten Morgen, ich weiß, dass Sie sich zieren, um Rat zu fragen, aber es ist gut, dass Sie sich dafür entschieden haben."

Keiner geht schließlich ausgesprochen gerne zu einem Rechtsanwalt. Man macht das eher widerwillig und wenn es eben sein muss. Außer man ist ein abgebrühter Geschäftsmann. Oder ein Querulant, der gerne mit Nachbarn und Behörden herumstreitet. Aber der freundlich dreinblickende Herr mit dem grauweißen Haar ist offensichtlich weder das eine, noch das andere.

Der Anwalt würde unter normalen Umständen jetzt taxieren, wie es um die finanzielle Lage seines neuen Klienten bestellt sein mag. Dessen Blick löst aber eine Scheu davor aus. Es scheint, als schaue der Anwalt in seine eigenen Augen. Er presst den Mund zusammen, so dass sein Antwortlächeln etwas Gefrierbrand aufweist.

Hinter dieser Fassade arbeitet es auf Hochtouren: Wer, wie, was? Wie ist der überhaupt hier reingekommen? Die Sekretärin, Frau Hönig, war vorhin nicht an ihrem Platz, und die Anwaltskollegen sind heute nicht da. Einer ist bei Gericht, der andere im

Urlaub, Abu Dhabi, wo sonst? Wieso kommt ihm der Klient so vertraut vor? Trifft der Anwalt sich hier gerade selbst, und sein Alter Ego ist um dreißig Jahre gealtert? Ist er überhaupt schon wach? Doch, da war eine Tasse Kaffee am frühen Morgen, mehr darf er ja nicht mehr. Und die Tabletten gegen den Bluthochdruck hat er auch eingenommen, die er seit der Scheidung braucht.

„Nehmen Sie doch bitte Platz", spricht der Anwalt in die Stille hinein, und die lange Pause ist ihm peinlich. Und, ach, er hat dem Alten nicht einmal die Hand gegeben. Doch der hat seinen warmherzigen Blick behalten, eine Art liebevolles Staunen sendet der aus, während sie sich hinsetzen, und der dann seine braune Woll-Hose glattstreicht.

Nein, der kann nicht viel Geld haben, kämpft sich die anwaltliche Routine vor. Die Kleidung sieht aus wie ein abgetragener Sonntagsanzug von anno dazumal. Ein gestärktes weißes Hemd mit ... wie heißt das nochmal ... mit so einem ... Vatermörder-Kragen. Der muss vom Land kommen, aus der Stadt kann der nicht sein.

„Was führt Sie zu mir?"

Zur Sache kommen, kein Geplänkel, kein Zeitverlust, der Kalender ist voll. Keinen Kaffee anbieten. Das lohnt doch nicht, und die Hönig ist sowieso nicht da.

„So ein wunderschönes Schild. Gülden. Ein Rechtsgelehrter! Welch eine Freude."

Der Anwalt hebt die Augenbrauen, das Gesicht mutiert zum Fragezeichen. Er holt Luft, doch weiter erklingt die liebenswürdige Stimme des Alten, glücklich, mit Güte darin und auch mit Stolz:

„Ein Studium, an einer richtigen Universität. Welch eine Pracht. Oh wüsste ich nur, der Gemahlin davon zu erzählen."

Das klingt ja sehr nett, aber der kann sie doch nicht mehr alle haben. Der Anwalt drückt den Rücken durch. Doch der Alte spricht ihm weiter gut zu:

„Und wie schön hier alles ist, so sauber. Die Schaufenster des Nachbarn künden gar vom Schlaraffenland, ein wahrlich lang ersehnter Traum."

Nebenan ist Butter-Lindner, denkt der Anwalt, ja, durchaus fein, das ist aber doch … er kann den Gedanken nicht zu Ende führen.

„Bitte sage mir einmal an, welch eigenartiger schwarzer Kasten deinen Schreibsekretär krönt?", fragt der Alte, Neugier und eine friedsame Naivität in seinen Augen.

„Was? Wie? Mein Monitor?"

„Welch eigenartig Ding. Worin liegt sein Zweck? Wozu genau dient dir Rechtsgelehrtem ein Moni … turm?"

Dem Anwalt steht ein Augenblick der Mund offen. Was sind das für Fragen, und wieso duzt der ihn? … Er muss den bald loswerden. Aber dieser Sanftmut kann er einfach nicht herrisch begegnen.

„Ich … wüsste nicht, was … äh … ich habe den Computer noch nicht hochgefahren, wir hatten … wir hatten doch keinen Termin, oder?"

„Termine. Nein, Termine habe ich schon lange keine mehr. Von solcher Hast, da bin ich längst entbunden. Befreit von den Stürmen der …" –

„Hören Sie: Das ist wohl alles hier … äh … ein … ein Missverständnis. Ich muss Sie bitten zu … Also mein Stundensatz, der liegt bei 250.–!"

„250 Taler?", nun schnellen die Augenbrauen des Alten empor.

„Jungfrau Maria! Ich fresse 'nen Besen. … Für 250 Taler maß ich einst ganze 5 Fässer Butter ab!"

Der Alte streckt die gespreizten Finger der rechten Hand hoch, und er lacht herzhaft dazu. Und irgendwie steckt das an.

„250 Taler, ja, das ist echt gut", lacht der Anwalt. Und sie lachen zusammen, bis sie sich auf die Schenkel klopfen. Dabei schauen sie immer wieder einander an. Diese Ähnlichkeit, die ist … die ist unglaublich. Und auch schön, ja, richtig schön fühlt sich das an.

„Für 250 Eurotaler kaufe ich dem Lindner nebenan sein ganzes Schaufenster leer," prustet der Anwalt, „… Schlaraffenland in Anwaltshand!"

Doch da gefriert das Lachen des Alten. Ein Ausdruck von Angst verdunkelt seine Züge.

„Hüte dich! Hochmut kommt vor dem Fall. Gevatter Hunger ist ein böser Begleiter. Wie dein Schatten lässt er dich nicht entrinnen und rafft selbst die stärksten Mannen dahin."

„Guter Witz! Um die Ecke ist auch noch ein Lidl."

Doch der Anwalt erobert das Gelächter nicht zurück. Weder das des Alten, der nun sehr ernst dreinschaut, noch sein eigenes.

„Aßest du schon wochenlang nicht mehr als einen Teller Hirsebrei am Morgen?"

Hirsebrei, das klingt nach Igitt. Aber der Anwalt will jetzt nicht kindisch erscheinen: „Nach Weihnachten habe ich zwei Wochen Trennkost gemacht", entgegnet er unwirsch. Weshalb soll er sich hier eigentlich rechtfertigen?

Der gütige Glanz kehrt in das Gesicht des Alten zurück.

„Lass uns nicht streiten. Gegen einen so gebildeten Helfer Justitias stünde ich wohl auch auf verlorenem Posten", und er fügt lächelnd hinzu: „Wie mir scheinen will, wirst du wohl auch mit Kindern reich gesegnet sein, nicht wahr?"

Dem Anwalt verschlägt es die Sprache. Auf alle Wortbeiträge und Fragen findet er sonst Antworten, egal, ob sie vom gegnerischen Anwalt, dem Richter oder von dummen oder dreisten Rechtslaien stammen. Das gütige Gesicht des Alten ist voll froher Erwartung. Der Anwalt unterlässt es zu seinem eigenen Erstaunen, sich diese persönliche Frage nach Kindern zu verbitten. Stattdessen denkt er an seine gescheiterte Ehe. Die letzte Gemeinsamkeit bestand darin, dass Kinder einfach nicht zu ihrem Livestyle passten.

„Nein, gar nicht", antwortet er tonlos und spürt, dass es in seinen Augen zu schimmern beginnt.

Eine tiefe Traurigkeit greift Raum. Vergebliche Sehnsucht nach Kinderlachen. Doch es sind die Augen des Alten, aus denen die Tränen fließen.

„Mein Gott …", hebt der an und unterbricht sich.

Das Geräusch einer geöffneten Tür schallt aus dem Flur herein.

„Ich muss nun scheiden", flüstert der Alte voller Kummer, „Liebster Junge, mein Herz ist schwer. Finde dein Glück, ich bete für dich immerdar. Leb wohl."

Frau Hönig tritt in das Büro, mit einer Brötchentüte von Lindner in der Hand. Eine Sekunde lang ist ihr so, als ob der Chef die Wand anstarrt. Die von drüben, auf der schattigen Seite. Dort, wo er kürzlich nach dem Auszug aus der ehelichen Wohnung seine Ahnengalerie aufgehängt hat. Lauter uralte Fotos, von denen er meinte, nicht zu wissen, wo er sie sonst unterbringen kann. Aber schnell nimmt der Anwalt jetzt Blickkontakt zu ihr auf, wobei seine Augen seltsam schimmern und müde wirken. Um Sachlichkeit bemüht, sagt sie: „Guten Morgen, der 9 Uhr-Termin verschiebt sich um zehn Minuten, der Mandant hat heute früh angerufen."
„Wer ist das nochmal?"
„Herr Dr. Prinzenberg. Von der Firma Äquator PC. Die Akte liegt auf Ihrem Tisch."
„Danke – zehn Minuten? Der muss es ja dicke haben, was? Bei meinem Stundensatz von 250 T a l e r n !"

„Hi, hi, hi", kichert Frau Hönig.

Schlaf, Bruder, schlaf

Sie spielten draußen. Meistens „Räuber und Gendarm" oder das damals besonders beliebte „Deutschland erklärt den Krieg …". Es gab ungefähr tausend Varianten davon, und stets legte er fest, welche gerade dran war. Wetter hin oder her, immer gab es in den Gärten Abenteuer und Spaß ohne Ende. Und das alles natürlich immer zu wild und viel zu laut – für die Nachbarn. Doch an jenem sonnigen Tag im Mai saßen einige Kinder ganz ruhig vor ihm auf dem Zaun, ihrem Treffpunkt. Erstaunlich, dass er das nach all den Jahren noch wusste: Der war aus daumenbreiten Metallrohren gefertigt und hellblau angestrichen. Und die Vorankömmlinge saßen da oben drauf, ließen die Beine baumeln, schwiegen, blickten zu Boden. Er trat hinzu, mit einem weiteren Kumpel im Schlepptau. Beide voller Vorfreude, Lust auf wilde Jagden.

„Tack, tack, tack, ihr seid tot", lag ihm auf der Zunge, und die Anderen müssten in Zeitlupe zu Boden fallen. Sekunden später vor Freude und Tatendrang strahlen, aus dem Dreck auferstehen und die nächsten Feinde abknallen, so lief das. Doch heute zwang die Miene des einzigen Mädchens in der Clique die wilden Jungs zum Zaunsitzen, selbst ihn. Ein Schmerz in ihrem Gesicht. Aber nicht so, wie von einem Dornenkratzer am Arm oder einem umgeknickten Fuß. Anders.

„Was ist los?", fragte er.

„Mein Großvater ist gestorben."

Die Nachricht traf sie wie ein Keulenschlag. Tod, das war doch ein Spiel. Oder?

„Wie ist er denn …", „Echt? So richtig gestorben?", „Warum ist er …", „Und wann?", ging es durcheinander.

„Er hat letzte Nacht im Schlaf das Atmen vergessen." Entsetzen. Alle atmeten sie sofort tief ein, die meisten hielten die Luft an. Das Atmen vergessen, das durfte natürlich auch ihm auf gar keinen Fall passieren. Wie konnte er es nur anstellen, ohne Pause ans Luft holen zu denken? Mutter und Vater meinten am Abend, so würde man das einem Kind eben erklären, wenn jemand starb, der alt war. Und er, noch ganz jung, hätte gar keinen Grund zur Sorge. Hatte er doch! Und wie! Im Bett konzentrierte er sich krampfhaft auf jeden Atemzug. Den Tod verhindern, bloß nicht vergessen: ein- und aus- und ein- und … der Schlaf senkte sich bald gnädig über ihn.

So endete der Tag, an dem mein großer Bruder erfuhr, dass wir Menschen sterben müssen. Ich hatte erst wenige Wochen zuvor das Licht der Welt erblickt.

Er wachte auf. Fuhr hoch in die Sitzposition, riss die Augen auf, Schweiß auf der Stirn, und das Herz raste. Ein- und aus, ein- und aus, ein- und endlich, das Japsen ging in Atemzüge über. Schuld war wieder der Alptraum. Gesichter voller Entsetzen im Schein der Taschenlampe. Seine Vorgesetzten, Offiziere und Unteroffiziere mit stolzen Schulterklappen – plötzlich nur noch ein Hühnerhaufen in stockdunkler Nacht. Sie hatten dem Funktrupp befohlen, sich für die Sommerübung mit allen Ästen und Wurzeln des Waldes zu tarnen. Dem Feind keinen Lichtschein, nicht einmal einen Glimmstängel, zu offenbaren. Jetzt sollte er, schlaftrunken von seiner Nachtwache, mit einer winzigen Laterne von Trupp zu Trupp rennen, die anderen

Soldaten wecken und jedes verdammte Licht zum Leuchten bringen, das sich auftreiben ließ. Rufe, Schreie, nicht einmal Warnschüsse konnten mittlerweile den ohrenbetäubenden Motorenlärm und das herannahende Kettenrasseln übertönen. Licht blieb die letzte Chance. Er stürzte vor den dunklen Schemen der Panzer hin und her. Schwenkte verzweifelt die lächerliche Funzel in seiner Hand. Das nahe Ungetüm drohte, es brüllte. Seinen schlanken Körper würde es nicht einmal als Hindernis spüren. Nur ein Baumstamm. Ein leichtes Ruckeln. Doch das stählerne Monster streifte ihn nur fast. Ihre Nachtsichtgeräte, hieß es später, sollten ihn gerettet haben. „Friendly fire" nannte man es technisch, dass Idioten im Stab einen Übungsplatz doppelt zugewiesen hatten.

Es war diese Nacht, in der mein großer Bruder erfuhr, wie sich das Sterben anfühlte.

An einem Oktobermorgen kam der Brief. Die übliche Rechnung des Pflegeheims. Beinahe jedenfalls. Korrekte Listen, bekannt seit Jahren: Zahnpasta, Taschentücher, eine Nivea-Creme, außer der Reihe und deshalb vom so genannten Taschengeld bezahlt. Jahrzehnte mühevoller Karriereschritte, zwei distanzierte Kinder, eine Ehescheidung, jetzt ein Taschengeld. Von der Sozialhilfe. Zu wenig für ein Einzelzimmer, diesen Rechnungsposten übernahm ich. So, wie ich es auch übernommen hatte, seine so oft wiederholten Geschichten aus dem Leben auch wirklich zu behalten. Sie vielleicht sogar zu Papier zu bringen. Meine Tränen schossen bei einem ganz neuen Abrechnungsdetail heraus: Malzbier! Wenn nichts mehr Energie schenkt, versucht man es damit. Das hatten sie mir erklärt. Austherapiert sei er. Doch selbst da blieb er tonangebend: Seine standhafte Weigerung nutzloser Behandlungsversuche, ich fand sie so tapfer.

An diesem Tag erfuhr ich, dass er bald sterben musste.

Es hieß dann, er sei im Schlaf gestorben. Friedlich. Sagen sie das immer?

„Bis bald."

Das hatte ich zu seinem ausgemergelten Antlitz gesagt.

„Ja, bis dann."

Sein Lächeln hatte unendlich Kraft gekostet. Ein Einverständnis hatte darin gelegen. Dass wir von einem Wiedersehen logen, das es diesseits nicht mehr geben konnte.

Ich folgte seiner Urne in der Herbstsonne. Sein Platz in der Stele: Ganz oben, ja, das passte, er war doch so groß. Friede, Vollendung, Befreiung, sie hatte ich für Zustände gehalten. Nun erfuhr ich, dass es Gefühle sind.

Seitdem sind sieben Jahre vergangen. Er lebte in seinen Geschichten fort. Und in den Fotos. Sein Charakter entwickelte sich weiter: Nicht mehr so tonangebend, sondern ganz still. Und jetzt steht das Malzbier auf meinem Krankentisch. Ich kann es nicht mehr heben, nur noch anschauen. Doch mir fehlt nichts. Ich bin so müde, ich fühle, wie der lange Schlaf näher rückt. Er ist wie Gletschereis. Es kriecht heran. Die Winterdecken wärmen längst nicht mehr. Über dem Eis strahlt der Himmel blau. Ich will bald frei sein.

Lieber Schlaf, bitte senk dich gnädig herab und lass mich heute Nacht das Atmen vergessen. Bitte führe mich zum Bruder.

Kein Wein
vor neun

Eine halbe Drehung mit dem Schlüssel genügte,
schon betrat er die Wohnung. Also müsste sie zu
Hause sein. Oder sie war ausgegangen und hatte
mal wieder vergessen abzuschließen.

„Anna?"

Stille.

Mit dem Rücken drückte er die Tür ins Schloss. Im
Halbdunkel leuchtete seine neongrüne Jacke. Wie
der Atommüll in der Schicht von Homer Simpson,
musste er denken.

„Wie sehe ich damit aus?", hatte er sie gestern gefragt.

Und Lob – in Annas Sprache ein *like* – für seinen
Kauf erwartet. Weil sie ihm doch so oft das grau
in grau seines *Outfits* vorgeworfen hatte und selbst
die bunten, italienischen Krawatten, die er schätz-

te und täglich wechselte, nur „mehr so Achtziger"
waren. Als sie seine Jackenpräsentation unter spöt-
tischem Lächeln mit:

„Midlife-Crisis!", beantwortet hatte, war er nicht
sogleich bereit gewesen, seiner Enttäuschung
nachzugeben:

„Die ist von Jack Wolfskin. Outdoor. Sehr praktisch, so ein Ding. Bin damit auch gut sichtbar auf
Gehwegen oder, wenn ich mit dem Rad unterwegs
bin."

Obwohl er jeden Tag mit dem Auto ins Bauamt
fuhr und abends wie am Wochenende immerzu
über neuen Quizfragen brütete. Während das Fahrrad im Keller einstaubte und sicher längst fahrun-
tüchtig geworden war. Nachdem sie keine Reaktion gezeigt hatte, musste er einfach dagegenhalten:

„Ich bin mit meinen dreiundfünfzig noch gut in
Schuss. Und mein nächstes Date läuft anders,
glaub mir! So ein *Speed-Dating*, das kommt mir
nie wieder vor. Falsches Format. Ich brauche einen
klassischen Rahmen. Und, dass sich jemand ernst-
haft für mein Wissen interessiert."

„Ach, Papa", hatte Anna da nur geseufzt.

Nichts Anderes hätte ihn so kraftlos werden lassen,
wie dieses Mitleid. Prompt beulte sich der neon-

grüne Jack am Bauch aus. Die Masse schlaffte ab, die er nur wenige Minuten zuvor noch schnellstens straff eingezogen hatte. Da nämlich hatte er im Treppenhaus beobachtet, wie eine dunkelblonde Frau, ein wenig jünger als er und vom Typ Julia Roberts, in die Etage über ihnen einzog. Sie hatte ihn mit einem Karton auf den Armen angelächelt, worauf er reichlich verdattert die nächste Treppenstufe genommen und ihr – eigentlich gegen seinen Willen – keinerlei Hilfe angeboten hatte. Da sie wohl garantiert vergeben wäre, hatte er zum Abschluss seiner misslungenen Modenschau jeden weiteren Gedanken an derlei Themen zusammen mit der Jacke an den Haken gehängt. Während-dessen Anna bereits ganz dringend woanders gefordert war. Konkret im mindestens einhundertsten Telefonat des Tages.

Die Stille ließ nun keinen Zweifel zu. Anna war tatsächlich nicht da. Selbst als sie für ihr Abi gepaukt hatte und sich – seiner Ansicht nach ziemlich kurze – Phasen ohne Beats, Telefontalk oder Youtube – „Recherchen" ereignet hatten, war ihre Anwesenheit doch stets irgendwie hörbar gewesen. Nun war er allein. Und wusste es in dem Moment, als er das beschriebene Blatt Papier auf der Kommode liegen sah: Anna war fort. Für immer.

Hallo Paps,
Andy hat das Auto nur bis zum Wochenende. Darum sind wir heute schon los. Ist doch auch irgendwie einfacher so, ohne Abschieds-Scene. Meld mich, wenn ich in Berlin (sooo cool, 1000 likes!!!) angekommen bin. Hab Dich ganz doll lieb!
Die WG-Einweihungs-Party steht.
lol
Anna – Studiosa!!!

Darunter ein Smiley und ein – was sollte das sein? Ein Loch? Ein Ring? … Nein, ein Kussmund. So hatte sie das doch schon mit sechs oder sieben gemalt. Und ihn dazu angestrahlt:
„Der ist für dich."
Seine Anna. Er wollte es herunterschlucken. Aber als wären seine Augen regenschwere Wolken, rannen ihm Tränen die Wangen hinunter. Zärtlich strich er den Brief glatt. Und verschmierte mit dem Zeigefinger das Wort Andy. *Na, das passt ja*, meldete sich sein Sarkasmus. Nachdem sie einander vorgestellt worden waren, hatte Anna ihn mit hochgezogenen

Augenbrauen: „Und?", gefragt.

Und da war ihm glatt das Herz auf die Zunge gerutscht:

„Meine Eltern hätten *Knilch* dazu gesagt." – „Hä?" Annas Brauen waren parallel zu ihren Mundwinkeln herabgestürzt.

„Naja, also dieser Typ, der ist doch deiner nicht so ganz würdig, er …" – Dass der sie auf die dumme Idee mit dem *Event-Management* gebracht hätte, wollte er sagen. Wo sie doch mit Wirtschaft, Jura oder Lehramt auch was Vernünftiges studieren könnte. In der Nähe, nicht im fernen Berlin. Doch da war Annas Zimmertür schon hinter ihr zugeknallt, und Farbteile rieselten zu Boden.

Auch eine Stunde später noch hatten die magendrückenden Beats durch ihre Tür gewummert, und da war er aufgebrochen und hatte sich nach zielloser Suche beim zweiten Billig-Chianti in einer Pizzabude wiedergefunden. Sollte er sich nicht besser mit Andy anfreunden? Immerhin hatte der ihm neulich bei der Reparatur geholfen, als dieser verfluchte Spülkasten wieder undicht geworden war. So ein doppelter Linkshänder wie er könnte doch einen handwerklich begabten Schwiegersohn gebrauchen. Und hatte Anna ihm nicht schöne *Events* beschert, wenn er sie darum gebeten hatte oder auch einfach mal so? Doch, sie hatte sich für ihn schon Quizfragen ausgedacht, etwas Schönes (Einfaches) gekocht, einen außergewöhnlichen Wein für ihn aufgetrieben oder ihn in eine neue, angesagte *Location* eingeladen – auch wenn er das am Ende natürlich alles bezahlen musste.

Aber der innere Versöhnungsversuch war ihm nicht ganz gelungen. Und auf dem Heimweg war es dann erneut aufgetaucht: Dieses Ziehen in der Brust. Das war jetzt bei Stress immer im Anmarsch. Exakt seit dem Moment, als dieser schmierige Anwalt seiner Ex die Hälfte des von ihm glorreich erratenen 64.000 Euro-Preises gefordert hatte. Und dazu in der Gerichtsverhandlung auch noch mit Triumpf in der Stimme als Zeugenbeweis für die Existenz des Gewinns:

„Günter Jauch und das deutsche Fernseh-Publikum!", aufgerufen hatte.

Jetzt war Annas Tür nur angelehnt, und er trat ein. Alles so vertraut. Trotz der Rasanz der Veränderungen in den letzten Jahren. Dem Aussterben von Stoff- und Poster-Tieren, dem Rückzug von Malsachen und Puppen. Dem Einzug von Boygroups, coolen Wandsprüchen, von Nike-Schuhen und dem Geruch von Nagellack. Heute wirkte das alles ausgeplündert und anschließend eingefroren. Er spürte den Impuls sie anzurufen. Ja, unbedingt. Doch nein, sie hatte ausdrücklich geschrieben, sie würde sich melden. Und so ein Helikoptervater, nein, das war er doch nie gewesen. In dem rosa umrandeten Spiegel besah er sich seine Tränensäcke. Wann hatte er vor heute das letzte Mal geweint? Er wusste es nicht. *Kein Punkt für den Kandidaten,* strich er sich durch das Haar, während der Versuch eines Lächelns zur Grimasse geriet.

In der Küche fand er die übliche Unordnung vor. Nur löste sie heute keine Aufregung aus. Ein Pappbecher mit Strohhalm, eine Tasse mit Lippenstift dran. Müsli-Schale, Chips-Schale, ein Apfelkitsch. Der Kühlschrank bot nur lustlose Käse- und Wurstscheiben. Aber eine halbe Flasche Riesling. Und noch eine volle daneben. Der kluge Mann sorgt schließlich vor. Er linste zur Armbanduhr. Ohne die Brille schätzte er etwa halb sieben. *Kein Wein vor neun!* Zum Teufel mit seiner ehernen Regel. *Planen und steuern, statt trinken und feiern,* das brachte es heute nun wirklich nicht.

„Auf die Zukunft", prostete er Garfield zu.

Doch der gähnte nur gelangweilt von der Kühlschranktür zurück. Er trank das ganze Glas auf einmal. Auf den neuen Lebensabschnitt, auf Freiheit, Ruhe und noch viel mehr Quiztraining. Das Badezimmer, das Festnetz, der Fernseher, alles wie neu: Von heute an nicht mehr ständig blockiert.

Mit Glas und Flasche bewaffnet betrat er das Wohnzimmer. Ließ sich in das dunkelgraue Sofa fallen. *Und jetzt lege ich die Füße auf den Tisch*, verstieß er gegen ein weiteres Verbot. Beim Durchzappen hielt er bei den Nachrichten, wo sonst? Aber heute war Politik: Bla, Bla, eine Preisverleihung: Bla, Bla, ein großer Unfall … Großunfall? Sein Rücken straffte sich. Breaking News: Schwere Massenkarambolage, und es durchzuckt ihn wie ein Stich: Auf der Strecke von hier nach Berlin.

Anna!

Er fährt aus dem Sitz, stürzt in den Flur, reißt Jack Wolfskin das Handy aus der Tasche. Endloser Verbindungsaufbau. Komm schon, geh ran! So ist es doch sonst immer: Entweder besetzt oder sie geht dran, und man weiß dann binnen einer halben Sekunde um ihre Stimmung. Doch die ist egal jetzt. Nur ein Lebenszeichen. Bitte, Anna! Kalter Schweiß tritt auf seine Stirn. Sie ist in den Unfall verwickelt – nein, ist sie nicht! Sie sieht mich im Display, und mein Anruf nervt sie. Sie will mir nicht erklären, warum sie den Umzug vorgezogen hat. Oder ist ihr Handy etwa zusammen mit ihr schon …, nein das klingelt doch da. Mailbox, er brüllt:

„Anna, pass auf, da ist ein riesiger Unfall auf Eurer Strecke. Was ist mit dir? Bist du in Ordnung? Bitte melde dich, ich mache mir große Sorgen."

Längst tigert er durch die Wohnung. Flur, Küche, Schlafzimmer. Der Schreibtisch. Aufgeräumt. Er wühlt. Quizbücher, Rechnungen, Werbezeug, verdammt, wo ist die Nummer von der Ex? Vielleicht hat Anna sich dort gemeldet. Unwahrscheinlich. Muss er dennoch versuchen, doch in seiner Wut hat er ja nach der Scheidung alle ihre Daten vernichtet. *Nur noch über die Anwälte verkehre ich mit dieser blöden Kuh.* Scheiße! Annas Freundinnen? Andy? Fehlanzeige. Über diese Kontakte verfügt er natürlich auch nicht.

Zurück ins Wohnzimmer. Ton lauter drehen. Als ob er hofft, dass eine beruhigende Stimme sagt, es gäbe nur Blechschäden, weiter nichts. Allein die Bilder sprechen eine andere Sprache: Qualm, Blaulichter, eine Schlange von Rettungsfahrzeugen. Das Geplärre versteht er nicht. Außer, dass alles furchtbar ist. Er krampft die Hand um das Glas. Fährt zusammen: Das Ziehen in der Brust ist da. Und wie! Es facht einen tiefen Schmerz an. Hilfe! Er keucht, was mache ich nur? Den Notarzt rufen?

Da! Türklingeln durch den Lärm. Oh Gott, die Polizei? Mit der Nachricht, dass ... Er erstarrt. Ein Trommelwirbel! Nah, der kommt aus dem Handy. Nachricht. SMS. Er kann sich nicht regen. Stechen in der Brust. Blockade. Es klingelt nochmal an der Wohnungstür. Ein Weckruf. Es muss weitergehen. Die Nachricht ist das Wichtigste. Die Finger zucken, und beinahe zerstößt er die Glasoberfläche des Geräts. Reißt die Augen auf. Sie saugen die Buchstaben der SMS auf wie ein Verdurstender das Wasser, die Brust ist zum Zerreißen gespannt.

Stecken im Stau. Irgendein Unfall. Mist. Melde mich später. Kuss, Anna.

Er hechelt nur noch. Wie ein Hund in der Mittagshitze. Dann realisiert er das auf dem Tisch abgestellte halbvolle Weinglas. Stürzt es hinunter. Was für ein Abgang! Aber da war doch noch was. Das Klingeln, die Tür, die Polizei. Was für ein Quatsch, so schnell hätten die ja wohl niemals … aber wer dann? Er hechtet in den Flur und reißt die Tür auf. Erschrocken fährt die neue Nachbarin vom Treppenabsatz herum. Sie starren sich an. Wie zwei Menschen, die plötzlich erkennen, dass sie irrtümlich in eine gemischte Sauna geraten sind. Dann bewegt sie sich auf ihn zu, scheint zu schweben.

„Guten Abend. Wollte mich kurz vorstellen. Desiree Bouvier. Wohne jetzt neu da oben."

Sie lächelt und streckt den Zeigefinger hoch. Julia Roberts wohnt über ihm, und steht gerade vor seiner Tür. Das kann gar nicht wahr sein. Ist es aber doch.

Jetzt erblickt sie sein Weinglas.

„Ich … ich, also ich habe einen Wein auf. Riesling, äh, … wollen Sie? … Also, wollen Sie reinkommen?"

Ihr Lächeln steigert sich herzhaft, während sie dem Türrahmen nähertritt.

„So spontan bin ich ja lange nicht mehr eingeladen worden."

Er lächelt zurück.

Dann gibt er den Weg frei.

Unzertrennlich

Instinktiv zieht er an ihrer Hand. Bloß weg hier. –
Zu spät.

„Say: Cheeese!", kräht der Fotograf.

„Say: Cheeers!", kontert er.

Immerhin: Auf seine Schlagfertigkeit kann er sich
verlassen. Er hebt den Sektkelch hoch. Was für
eine öde Knallbrause. Und völlig überteuert. Wie
alles hier, auf der *Anaconda,* findet er. Der Pott
sieht in seinen Augen exakt so aus, wie jedes be-
liebige andere Kreuzfahrtschiff. Einschließlich
des Kapitäns. Was für eine Witzfigur. Ist der graue
Bart angeklebt? Und die schwitzige Mütze mit
ihrer grau-bleichen Farbe, anscheinend haben da
tausend Möwen draufgeschissen. Mit Dünnpfiff.
Darunter trägt der eine spacke dunkle Uniform.
Der Kerl kommt ihm vor wie ein Laienschauspie-
ler mit Klamotten vom Kostümverleih. Er wendet
den Blick von dem Schiffer ab, hin zum Objektiv

und grinst mit seinem Zahnpasta-Grinsen los. Das kann er zur Not sogar im Schlaf anknipsen. Es macht *klick*.

„Ihre Namen, bitte?", fragt der Foto-Mann.

Sie kuschelt und himmelt ihn derweil immer noch an, beinahe pausenlos macht sie das. Er antwortet: „Milly, äh, ich meine: Mildred und Winston Bernstein."

Im Glas von diesem Requisiten-Kapitän prickelt längst nichts mehr. Wie er schätzt, ist der bestimmt auf dem zwanzigsten Schnappschuss mit drauf. Zusammen mit den ganzen mehr oder weniger gealterten Pärchen. Und der Seebär lässt das insgesamt ziemlich stoisch über sich ergehen. Das muss er dem lassen. Alles first-class-Passagiere hier, versteht sich. Die leisten sich den Luxus der teuren Außenkabinen, und im Fall der Eheleute Bernstein kann man den Meerblick sogar zusätzlich von einem geschützten Balkon genießen. Ideal für romantische Augenblicke zu zweit. Und für sein Vorhaben. Nur noch bis Bordeaux, denkt er, während der Fotograf den nächsten Oldies, offensichtlich ebenfalls Amerikanern, seinen „Cheeese"-Spruch vorkrächzt.

„Denk bitte daran, Darling, dass wir uns den Abzug auch abholen", strahlt sie.

„Oh ja, das werde ich. Wo du doch so bezaubernd ausschaust in deiner neuen Abendgarderobe," und leiser: "die anderen sind welke Salatblätter, du bist hier der absolute Star!"

Sie kichert. Das gefällt ihr, der seit kurzem Sechzigjährigen. Und wie er ebenso gut weiß, hat sie unendliche Jahre lang von niemandem so etwas zugeraunt bekommen. Sie hat ihren Vater betreut und in einem goldenen Käfig „gelebt". Finanziert und bewacht von dem Alten. Edward Davenport. „Der reiche Ed", hieß der überall. Bis dieser schlaue Kerl seine Bank beizeiten vor der Krise abwickelte und fortan „der *goldene* Ed" genannt wurde. Das nutzte dem jetzt aber auch nichts mehr, denn er war seit drei Jahren hinüber. Geschah ihm recht, diesem alten Zitterrochen, denkt sein Schwiegersohn – unbekannterweise. Denn anschließend wohnte seine Milly zunächst ein Trauerjahr lang allein in dem Haus. Ach was, in dem Schloss.

„Ante-Bellum-Architektur", hatte sie ihm strahlend die Treppchen und Säulen und überhaupt solchen Firlefanz erklärt, als er das erste Mal dort aufkreuzte. In Gestalt des ehrbaren Kaufmanns

Winston Bernstein, der der Mafia, über die er recht gut Bescheid wusste, mutig die Stirn geboten hatte. Und darüber leider unschuldig sein Geschäft verlor. Interesse für Baustile heuchelnd erfasste er seinerzeit das Areal mit seinen stahlblauen Augen. Ja, richtiggehend taxiert hatte er das. Leider stand Milly auch sonst sehr auf diesen ganzen Kulturmist, wie Theater, Liederabende und Autorenlesungen. Was hatte er sich bloß die ganze Zeit langweilen und verstellen müssen, da unten in Wilmington/North Carolina.

Nun huscht ein Lächeln über sein Gesicht bei dem weiteren Gedanken, was er alles demnächst mit dem Goldschatz von dem guten alten Ed anfangen wird. Nur noch bis Bordeaux. Der erste Landgang wird das sein. Nach Paris-Flug und zweieinhalb Tagen auf See, seit der Einschiffung in Le Havre und der Strecke über den Kanal und dann durch den Golf von Biskaya an der Atlantikküste entlang. Morgen früh wird er diesen Protzkahn verlassen. Gibraltar, Mittelmeer, Wiege der Kultur in good old Europe: Drauf geschissen! Als gebrochener Mann wird er in Bordeaux von Bord gehen. Verzweifelt über den Freitod der geliebten Gattin, die ihm an ihrem ersten Hochzeitstag auf hoher See ihre tödliche Erkrankung gestand. Und die sofort handelte, ohne, dass er sie hätte aufhalten können. Dumm für die Ermittler, dass der angebliche Krebs dann von den Fischen gleich mit aufgefressen sein wird, und sie ihm ihren Arzt nicht verraten hatte. Am besten, wenn überhaupt nie etwas von ihr gefunden würde. Der Atlantik ist groß. Und er weiß, dass sie in dieser Nacht weit genug von der Küste entfernt sind. Planung ist eine seiner Stärken. Und wenn die Zweifel an seiner Version haben, dann weiß er über *den* lateinischen Rechtssatz schlechthin Bescheid (wenn es auch der Einzige ist, den er kennt):

„In dubio pro reo", im Zweifel für den Angeklagten. Tja, genau so wird das ablaufen: Die Bullen kriegen die A.-Karte plus Einlauf von ihrem Boss, er kriegt freies Geleit und einen Goldspeicher wie Dagobert Duck!

„Was für ein mieser Service!"
„Ach bitte, lieber Winston, reg dich doch nicht auf. Komm lieber hier raus. Die Sonne lacht."
Er wendet sich von dem Tablett ab, auf dem die Reste des Abendsnacks verstreut liegen und tritt

auf den Balkon hinaus. Draußen ertönt „Sweet Caroline". Neil Diamond. Immer diese Zuckerschnulzen. Das Miniradio wird er auch über Bord werfen. Ganz sicher. Und außerdem lacht ihn die Sonne nicht an, sondern sie sticht. Sogleich spürt er die Schweißperlen auf der Stirn.

„Ein größeres Unwetter steht bevor, aber keine Sorge, liebe Passagiere, wir von der Crew können es kaum erwarten und sind für alle Windstärken offen", so hatte die Durchsage gelautet.

Ha, ha, ha. Aber ihm ist das nur recht. Je höher die Wellen, desto schneller wird sie… „Was denkst du, Darling?"

Seine absolute Lieblingsfrage. Bordeaux! Sehr bald!

„Ach nichts. Es ist nur so schwül."

Ein laues Lüftchen über dem weiten Blau kündigt die Wetterwende an, und am Horizont wird es bereits dunkel. Das zieht rasch näher.

„Es ist die beste Zeit für ein Gewitter. Also, my boy, ich meine das Gewitter … vor dem Gewitter."

Lasziv räkelt sie sich unter der dünnen Decke.

„Und ich habe da auch noch eine kleine erotische Überraschung für dich."

Verdammt nein, jetzt reicht es ihm. Wie sie sich anbiedert auf diesem Liegestuhl. Immerhin, der wäre stabil genug, aber was wird es schon sein? Sie wird einfach rein gar nichts anhaben, da unter dieser Decke. Na, was für eine Riesen-Überraschung. Ja, es ist an der Zeit! Jetzt!

„Du wirst es nicht für möglich halten: Ich habe auch eine Überraschung für dich, Honey."

Er ergreift etwas von dem anderen Liegestuhl.

„Was denn? Ein Kissen? Du willst es wohl besonders bequem haben. Bist mir ja vielleicht mal ein Genießer. Komm her. Wenn gleich das Unwetter losgeht, brauche ich Schutz."

Wieder himmelt sie ihn an. Mit ihren großen rehbraunen Augen unter (gefärbtem) dunkelblondem Haar, das der Bordfrisör am Morgen für ein Vermögen lockengewickelt hat.

„Wir beide sind doch unzertrennlich, Winston-Darling, nicht wahr?"

„Na und ob! Ganz besonders, was dein Gold angeht!"

Eine leichte Irritation um die Reh-Augen, ersichtlich noch nicht zum Verständnis gereift, verschwindet unter einem Schatten. Und dann presst er auch schon das Kissen auf ihr Gesicht. Bärenkräfte setzt er frei. Der Schweiß bricht ihm am ganzen Körper aus. Und plötzlich ist er so erregt wie nie zuvor in den beiden vergangenen Jahren, die er mit dieser Frau verbracht hat, sie ausgeguckt, angeschlichen, umgarnt, rumgekriegt, geheiratet und die Erbfragen geklärt hat. Das schwillt und pulsiert jetzt, das pocht bis in die Schläfen hinauf. Explodieren will er. Der erste Donner grollt. Der Blitz muss bei ihm bereits eingeschlagen sein, denn er drückt mit der Kraft von tausend Volt zu. Sie hat nicht den Hauch einer Chance. Das spürt er, während er keucht und presst. Eine Ewigkeit, wie ihm scheint. Der Liegestuhl knackt laut. Ein Weckruf. Er blinzelt und registriert wieder genauer seine Umgebung. Nichts zappelt da mehr. Er ist in Schweiß gebadet. Nur langsam senkt sich seine Erektion auf Halbmast. Der Puls rast weiter. Er schüttelt die verkrampften Arme aus. Hebt das Kissen hoch. Eine Hand hat sie hineingekrallt. Und alles ist voller Blut. Das fließt aus der Nase. Ganz schief ist die geworden, und nur langsam hört der Nachschub auf, da heraus zu sickern.

Die Regentropfen klatschen los. Das Blut verdünnt sich mit Wasser und läuft in Schlieren ihr Gesicht hinab. Das erscheint ihm wie so ein Adergeflecht.

Der Boden schaukelt. Der Wellengang ist hoch. Unwetter kommen auf See schnell voran, stellt er fest. Recht so. Er wirft das Kissen weit über Bord. Und das Radio – eingeschaltet dudelt es weiter, kaum hörbar im aufbrausenden Sturm – es fliegt gleich hinterher. Das ist sofort weg. Und das weiße Kissen mit den roten Flecken sieht er alsbald ebenfalls in der Gischt verschwinden. Er grinst und wendet sich in Richtung ihres toten Körpers.

„Na, hat dir *meine* erotische Überraschung gefallen, Honey? Zeig doch mal deine, bevor ich dich hinterherwerfe."

Er reißt die Decke weg. Ein Bikini, nicht einmal … da erstarrt er. Das gibt es doch gar nicht! Dieses Ding gehört nicht hierher! Sondern es erinnert ihn an seine Anfangszeit in Camden/New Jersey. Der Stadt mit der höchsten Verbrechensrate. Kräftig hatte er dazu beigetragen. Und wenn die Bullen ihn mal erwischt hatten, dann hatten sie die Dinger immer zu eng festgemacht. Milly hat eine Hand mit so einem Ding an das Balkongitter gekettet, genau mit solch einer Handschelle!

Er zieht an der Hand. Sie passt nicht durch den Eisenring. Fester und fester zerrt er. Vergeblich. Frischer Schweiß mischt sich mit einem neuerlichen Regenschwall. Klatschnass ist er schon. Sie auch. Ebenso ihre Hand. Aber die will einfach nicht da durchflutschen. Wellen schlagen gegen die Bordwand. Meterhoch spritzt die Gischt. Es wird dunkel. Es blitzt und donnert, beinahe gleichzeitig. Positionslichter flammen am Schiff auf. Ein Lichtstrahl trifft die angekettete Hand. Er reißt an der Kette, wie ein wildgewordener Hund. Einwandfreies Material. Das muss sie im Internet bestellt haben. Aber sicher nicht bei einem Sex-Shop, sondern eher bei so einem Waffen- und Zubehör-Anbieter. Alles, was sie je anfing, musste eben was Solides sein.

„Scheiße!", hört er sich in den Sturm hineinbrüllen. Die Balkongitterstäbe sind so fest wie die Bordwand. Da kann man wohl jemanden bei Windstärke 100 dagegen schleudern, und er fällt einfach zurück.

„Verdammte, verfluchte Scheiße! Du miese kleine…"

Er bricht ab. Für einen hoffnungsvollen Gedanken. Ein Schlüssel! Es muss doch einen Schlüssel dafür geben! Er schaltet das Balkonlicht ein. Mehr schlecht als recht wird das regennasse Rechteck beleuchtet. Die Reling bildet eine starre Linie, vor der sich bedrohlich die Wellen auftürmen. Die wollen sich anscheinend mit Blitz und Donner zum Weltuntergang vereinen. Hektisch untersucht er den blanken Tisch und die beiden Liegestühle. Die Decke. Er faltet auseinander, dreht. Nichts. Der Boden. Was da reflektiert ist nur Wasser. Kein Metall von einem Schlüssel.

„Wo hast du den versteckt, du blöde Kuh?", schreit er sie an. Sie schweigt. Nur ihr entstellter Kopf dreht sich den Schaukelbewegungen des Schiffs hinterher. Als wolle sie kopfschüttelnd verneinen: „Das verrate ich dir doch nicht!"

Er presst die Lippen aufeinander. Ruhig muss er bleiben. Er ist zur Lösung dieses Problems gezwungen. Für Bordeaux, in wenigen Stunden. Da! Ihre linke Hand ist verschlossen. Die umgreift etwas. Er grinst und biegt die toten Finger auf. Etwas fällt herab. Ein metallener Glanz leuchtet kurz im Unwetter auf.

„Hab' ich dich!", schnauzt er zufrieden.

Doch dann traut er dem folgenden Adrenalinstoß mehr noch, als seinen aufgerissenen Augen. Und beides schreit ihn an: Das hier ist nur die Alufolie von einer Kondomverpackung. Das ist kein Schlüssel! Er keucht. Er kniet nieder, tappt auf dem Boden herum. Er hebt die Leiche hoch. Er stiert und grapscht. Überall. Der Schlüssel muss aber doch… nein! Während ihre eine Hand das Kondom hielt, hatte sie die andere in das Kissen gekrallt. Die Erkenntnis trifft ihn wie ein Keulenschlag, nein, sie blendet ihn, wie dieser gewaltige Blitzschlag da, gerade am Himmel: Er muss den Schlüssel zusammen mit dem Kissen über Bord geworfen haben!

Er steht auf und stiert über die Reling. Ein winziges Kissen in einem Atlantik-Inferno, mit einem noch winzigeren Schlüssel darin. Er realisiert wie dumm es ist, weiter die tosende Wasseroberfläche anzustarren. Alles ist bereits Seemeilen entfernt. Für immer unerreichbar. Das ist ein Alptraum, das darf einfach nicht wahr… „Meine sehr geehrten Damen und Herren auf der MS Anaconda,", unterbricht der Kapitän, und diesmal spricht er durch die sicher maximal aufgedrehten Lautsprecher hörbar um Beruhigung bemüht, „angesichts des Seegangs sind wir verpflichtet, Sie aufzufordern, sich sofort in ihre Kabinen zu begeben. Die Passagiere in den Außenkabinen werden angewiesen, die Balkone zu verlassen und die Türen zu schließen. Die Crew kontrolliert das und stellt Ihre Vollzähligkeit fest. Bitte sorgen Sie sich nicht. Es handelt sich ausschließlich um präventive Maßnahmen."

Er schnappt nach Luft. Kein Schimpfwort reicht mehr aus für das, was passiert, wenn die hier gleich aufkreuzen. Diese „präventiven Maßnahmen" bringen ihn an den Galgen! Mit aller Kraft reißt er an der Leiche. Ein irres Tauziehen, mitten im Gewittersturm. Er gleitet aus, knallt auf den Hosenboden. Ungerührt hängt die Hand an der Kette. Der Körper sieht wie eine verdrehte Schaufensterpuppe aus. Rasend springt er in die Kabine. Drinnen spritzt er alles nass. Sucht etwas, das er als Dietrich benutzen kann. Kugelschreiber, Nagelpfeile, Augenliedbürste. Irgendwas!

„Alles fucking Bullshit!", schreit er.

Eine Schraube aus dem Kleiderschrank, ein gebogener Kleiderbügel?

„Alles Plastikscheiße!"

Tobend durchwühlt er ihre Koffer, die Taschen ihrer Hosen und Jacken, die Handtaschen, die Geldbörse, den Schlüsselbund, den Kulturbeutel – überall Fehlanzeige, nirgends findet er einen Zweitschlüssel.

Auf dem Tablett vom Abendessen entdeckt er ein Messer. So eins mit kleinen Sägezähnen dran. Er schnappt es sich. Hastet auf den regengepeitschten Balkon zurück. Wenn die Crew gleich kontrollieren kommt, ist er geliefert. Wenn er es vorher schafft: Bordeaux – Rückflug – Gold. Er sägt an der Kette der Handschelle. Wie irre. Das Ergebnis ist nur eine oberflächliche Ritze. Er zerrt erneut. Er beißt sogar in das Metall hinein. Keine Chance. – Wenn die Kette nicht von der Hand abgeht, dann muss eben die Hand... Logisch. Er atmet tief ein. Schon so Einiges hat er ja erlebt. Und eher selten lief es unblutig ab, damals in den Docks. Aber einer Leiche die Hand absägen, mit einem Besteckmesser, das ist neu. Definitiv! Doch es geht um ... also los! Die Eisenzähne trennen das Gewebe auf. Viel zäher ist so eine Menschenhaut, als er gedacht hat. Und was da im Halbdunkel rausfließt! Ein Gemisch aus schwarzem Blut und irgendeinem Sau-Zeug, wie Lymphe oder weiß der Himmel was. Als er den Knochen erreicht oder den Knorpel-Kram drum herum, dringt das Sägegeräusch noch unangenehmer durch das Sturmheulen hindurch. Ritz-Ratz, so wie wenn man ein Bündel Weidenruten ansägt, das sich immer wieder davon biegt. Er wird diese ganze Schweinerei später wegwischen müssen. Und wieder trifft ihn ein Adrenalinstoß. Wie wird er erklären, dass eine leere Handschelle an die Balkon-Reling angekettet ist? Vorausgesetzt, sein Sägewerk führt überhaupt zum Durchbruch. So eine Hand scheint schier unzertrennlich mit dem Arm verbunden zu sein. Ehe er sich eine Lösung überlegen kann, bollert es laut an der Kabinentür. Er hält inne. Ignorieren?

„Hallo, bitte öffnen Sie, hier ist die Crew."

Pause.

„Hallo, hallo, bitte öffnen."

Pause.

Er hofft, dass die weitergehen. Doch wieder bollert es.

„Hallo, Sie da drinnen, brauchen Sie Hilfe? Öffnen Sie bitte. Oder müssen wir den Generalschlüssel einsetzen?"

Müssen wir nicht. In Windeseile packt er die Leiche auf den Liegestuhl zurück, dreht ihr Gesicht zur Seeseite und befestigt notdürftig die Decke über dem Körper. Alles dürfen diese Leute von da draußen anstellen, außer hierher raustreten und den ganzen Schmodder auf dem Boden sehen.

„Die Eheleute Bernstein, vollständig anwesend?"

Es sind zwei kräftige Kerle. Er streicht Plan B, der auf „Mann über Bord" gelautet hat. Er muss die abwimmeln. Bloß wie?

„Ja, meine Frau muss sich leider … gerade übergeben. Ich … ich möchte ihr rasch wieder beistehen. Lassen Sie uns bitte allein."

„Aber wir helfen Ihnen gerne. Wir besorgen Ihnen Tabletten oder was immer Sie brauchen."

„Nein, nein, das haben wir alles schon. Es ist gar nicht nötig, dass Sie…" – „Hey, Sie müssen von dem Balkon herunter und sofort reinkommen, Lady", ruft der zweite Mann an ihm vorbei, „Sie dürfen nicht da im Freien bleiben."

Der Kerl hat sein Gesicht schräg gehalten und so an ihm vorbei offenbar draußen den gelockten Hinterkopf gesehen. Er versucht dieser Vorwitznase die Sicht wieder zu versperren und tritt näher an die Crewmitglieder heran.

„Unterlassen Sie das. Bitte. Meine Frau … meine Frau muss sich erst noch was überziehen."

Sie treten einen Schritt in den Gang zurück und der Erste meint:

„Okay, okay. Aber wir kommen wieder. Mit dem Schiffsarzt. Das ist so Vorschrift. Wir gehen hier noch die Kabinen bis zum Ende des Ganges ab, Ihre Frau kann sich derweil anziehen, und dann helfen wir der Lady. Versprochen!"

„Das ist aber vollkommen unnötig. Sicher werden Sie anderswo dringender gebraucht, also bemühen Sie sich bitte nicht und…"

„Keine Widerrede, Sir, das geht schon in Ordnung. Wir verstehen, dass Sie das selbst im Griff haben wollen. Aber…"

„Das dürfen Sie nicht! Verstehen Sie *das* endlich! Ich will, dass Sie sofort hier…"

„Keine Zeit für Diskussionen!", fährt ihm der zweite Mann in die Parade. Und zwar unmissverständlich.

„Komm!", befiehlt er seinem Kollegen und schnauzt in Richtung Kabine ein kräftiges: „Bis gleich!", herüber.

Er spürt, wie er rückwärts taumelt. Und das liegt nicht am Seegang. Er schließt die Tür. Für wie lange? Ist nun alles aus?

Verzweifelt rennt er auf den Balkon. Er greift nach ihrem Kopf. Gibt es irgendeine Chance, sie lebendig aussehen zu lassen? Die starren Augen sind blutunterlaufen und weit aus den Höhlen getreten. Wie bei einem aufgeblasenen Frosch. Das sind nicht mehr Bette Davis Eyes. In Kombination mit der bizarr abgeknickten Blut-Nase taugt das allenfalls für eine Horror-Show. Nein, das hier ist die reinste Mordanklage, die sich ein Mensch überhaupt nur vorstellen kann.

„Du hässliches Biest!", schimpft er in den nächsten Blitz hinein, der ihre Fratze erhellt.

Er muss hier weg. Nur noch seine Haut retten. Das ganze schöne Gold! Vorhin trennten ihn wenige Millimeter Eisen davon, doch jetzt sind es Lichtjahre.

Und noch etwas realisiert er: Goodbye, Mister „Winston Bernstein", willkommen zurück: Hank Boyle! Zurück in der Gosse. Alles oder nichts. Je höher man steigt, desto tiefer fällt man. Wie gewonnen, so zerronnen, alle diese Scheiß-Sprüche! Jetzt treffen sie auf ihn zu. Aber der Rückblick auf seine wahre Identität weckt auch die natürlichen Instinkte dieser Person. Ein Teufelskerl, dieser Boyle. War der schon immer. Nicht zu stoppen, stets einen Schritt schneller. Der Koloss namens Anaconda fällt gerade in ein Wellental. Hank Boyle schwankt. Aber er fällt nicht. Fieberhaft geht er im

Kopf Fluchtpläne durch. Wenn die Crew die Passagier-Räume kontrolliert, müssen die Crew-Räume leer sein. Logisch. Wie schafft er es dahin? Und wie will er später von Bord kommen? Eins nach dem anderen, denkt er. Verstecken, und wenn Bordeaux angelaufen ist, wird er schon irgendwie vom Schiff türmen. Jetzt zieht er erstmal die dunkelste seiner Jacken an. Steckt nur das Bargeld und die Bankkarte ein. Dazu eine Wasserflasche und zwei Schokoriegel aus der Minibar, falls er sich länger verstecken muss. Er tritt auf den Gang hinaus. Hier schwankt es nur leicht. Ein verdammt großer Kahn in schwerer See. Hilfreich für ihn. Der Sturm draußen ist ein kräftiger Luftzug drinnen. Durch das Geheul hört er herannahende Schritte. Keine Sekunde hätte er mehr verstreichen lassen dürfen.

„Dort ist es, Kabine 217, Sir."

Er lugt um die Ecke. Vier Männer. Die beiden von vorhin haben offenbar neben einem Schiffsarzt auch noch ihren Vorgesetzten mitgebracht. Der hat jedenfalls mehr Lametta auf den Schultern.

„Mister Bernstein!" ruft der und klopft mit der Macht seiner Autorität an die Kabinentür. Von seiner *ehemaligen* Kabine, wohlgemerkt, denn Hank Boyle, das ist jetzt nicht mehr Mr. Bernstein. Und natürlich auch kein first-class-Passagier mehr. Einer der Besucher dreht sich um, und er muss sich in den Schatten der Gang-Wand abducken. Wie eine Schiffsratte. Ein schäbiger kleiner Nager, der von nun an nur noch im Dunkeln herumhuscht. Leise seufzt er. Das ganze schöne Gold!

Abwärts muss er. Runter, Richtung Maschinen, Kombüse, Matrosenquartiere. Enge, Mief, alles wird zunehmend ölig. Und lauter, vom Lärm der Diesel.

„Hey, Sie da!"

Ein Crewmitglied ruft ihn an. Immerhin ist der Kerl alleine. Die Uniform deutet auf Speiseservice. Hank Boyle ballt die Faust hinterm Rücken.

„Sie müssen auf ihre Kabine gehen. Sie dürfen hier nicht rumlaufen."

„Alles klar. Danke, Amigo. Bin genau dahin unterwegs."

„Okay, und jetzt aber schnell!"

Amigo lächelt und geht sichtlich beschwingt weiter. Macht offenbar Spaß, mal einem Passagier in den Arsch zu treten, wenn man im Service sonst selbst immer da hineingetreten wird. Hank löst die Faust. Die Gänge werden immer tiefer, schmaler und dunkler. Das Dröhnen umso lauter. Es häufen sich die Ausrufezeichen, hinter Hinweisen wie: Gefahrenbereich, nur für Crewmitglieder, Betreten verboten! Das gibt ihm Hoffnung.

Doch da schallt eine neue Durchsage durch das Gewirr der Eisengänge:

„Sehr geehrte Passagiere, aus gegebenem Anlass wiederholen wir, dass Sie sich bitte ausschließlich in den Kabinen aufhalten dürfen, und wir das streng kontrollieren. Die Bordvorschriften sehen eine Strafe vor, wenn Sie draußen angetroffen werden. Bitte machen Sie uns darauf aufmerksam, wenn Sie einen Passagier auf den Gängen hören oder sehen. Und bedenken Sie: Es ist nur zu Ihrer Sicherheit."

So schnell geht das also. Und wie läuft so eine Fahndung nun weiter?

„… Das Unwetter zwingt uns zu einer kleinen Programmänderung. Weil es an der französischen Küste etwas zu unruhig ist, werden wir den Hafen von San Sebastian in Spanien anlaufen. Es besteht keine Gefahr für Sie. Wir bitten für diese reine Vorsichtsmaßnahme um Verständnis."

San Sebastian ist für ihn auch nicht schlechter als Bordeaux. Er spricht weder französisch, noch spanisch.

Wichtiger ist für ihn jetzt, die richtige der unbefugten Türen zu öffnen. Möglichst leise probiert er ein paar aus. Die meisten sind verschlossen. Da ist eine offen. Es dröhnt da drinnen wie in einem Panzer. Die kleine Abstellkammer grenzt wohl direkt an den Motorentrakt. Er schließt die Tür und schaltet dazu eine Deckenfunzel ein. Putzzeug. Ziemlich gut. Geputzt wird doch bei diesem Seegang bestimmt nicht. Er setzt sich auf einen umgedrehten Eimer neben einem Spind. Trinkt einen Schluck Wasser, Hunger hat er nicht. Er will bloß nicht wieder an das Gold denken. Aber im Halbdunkel blitzt vor seinem inneren Auge dennoch immer wieder der Glanz eines Goldschatzes auf. Scheiße! Wer den jetzt wohl bekommt? Da gab es eine alte Tante. Oder werden etwa diese verdammten Katzen bedacht? Müdigkeit übermannt ihn. Während sein Kinn auf die Brust rutscht, sieht er im Halbschlaf eine alte Hexe mit lauter Katzen um sich herum. Sie hält Goldbarren in den Händen. Türmt sie auf einen Stapel, der schon groß ist. Er liegt darunter, mit Handschellen gefesselt, im Dreck. Sie lacht ihn aus. Ja, das Gelächter kann er wirklich hören, ganz nah. Und da öffnet sich eine Tür. Ebenfalls in echt! „… die Kotze der gesamten Oberschicht aufputzen…", vernimmt er eine boshaft lachende Stimme. Und sieht deren zugehörige Fußspitze im Raum. Er kauert sich hinter den Spind. Aber wenn die Person reinkommt, sitzt er da, wie auf einem Präsentierteller. Was ist er doch für ein Idiot gewesen: Natürlich reihern die Passagiere jetzt um die Wette und verlangen, dass das Personal das aufputzt. Er macht sich bereit zuzuschlagen. Auch wenn da mehrere Personen sein müssen: Es sind Putzleute, keine Sicherheitskräfte.

„Ach, lass mal die ollen Lappen da drin", tönt es von weiter draußen, „Wir nehmen den Alles-Sauger von hier drüben. Und das neue Zeug."

„Ein paar von den arroganten Arschlöchern können wir ja gleich mit rauskärchern."

Wieder Gelächter. Die Fußspitze zieht sich zurück. Während die Tür zugeht, hört er die Stimme noch rufen:

„Die kotzen nicht nur hier rum, die sind auch alle zum Kotzen."

Er atmet durch. Es pocht in den Schläfen. Der Rücken schmerzt. Er fühlt sich nicht einmal mehr mittelalt. Er erhebt sich mit Mühe und pisst in einen Putzeimer. Dann legt er sich auf die vibrierende Bodenplatte aus Stahl. Er packt sich ein paar von den Aufnehmern und einen Putzkittel. Das Bettzeug einer verkrochenen alten Schiffsratte. So schläft er ein.

„Passagier Winston Bernstein, bitte melden Sie sich auf Deck 4, Zone 2. Wir von der Crew, sehr geehrte Damen und Herren Passagiere, vermissen Mister Bernstein, bitte wenden Sie sich an uns, wenn Sie ihm begegnen."

Es folgt eine kurze Personenbeschreibung. Bei der Namensnennung seines Alter Ego ist er aufgeschreckt. Nicht einmal unclever, wie die das anstellen, denkt er, „Mörder an Bord", das würde Panik auslösen.

Und die wichtigste Aussage folgt jetzt noch obendrauf:

„Der Frühstücksraum ist ab sofort für Sie geöffnet."

Nach der Durchsage wird es still. Kein Seegang, kein Motor, nichts. Und keine Kabine um ihn herum, keine Ehefrau, kein Gold, keine Perspektive? Die Armbanduhr verrät ihm: Es ist sieben Uhr morgens. Sie haben die Nacht demnach vergeblich herumgesucht und jetzt entschieden, dass sie die Leute wieder aus den Kabinen rauslassen. Und im Gewusel unauffällig das Schiff so richtig auf den

Kopf stellen. Ein Plan wäre jetzt nicht schlecht. Runter muss er von dem Kahn, mehr Plan hat er nicht. Vorsichtig öffnet er die Tür seiner Kammer und blinzelt hinaus. Er hat augenscheinlich Glück. Er sieht Licht im Gang und dahinter Land. Ja, tatsächlich ist Land in Sicht für ihn, die Schiffsratte. Er robbt sich durch die Schatten, aufrechtes Gehen traut er sich nicht zu. Durch eine Schleusentür erreicht er die Reling. Von wegen Glück! Er schätzt die Entfernungen ab. Die sind draußen vor dem Hafen von San Sebastian vor Anker gegangen. Die riskieren nicht, dass er im Hafen von Bord springt. Er kann ein Polizeiboot in Richtung Hafeneinfahrt erkennen. Dann waren die Bullen also schon hier an Bord und bereiten sich nun auch an Land auf ihn vor. Und dieses Land ist weit, weit entfernt. Mit zwanzig schwamm er wie ein Delfin, mit dreißig wie ein Hai, mit vierzig noch wie ein Seehund, jetzt ist er siebenundfünfzig. Er streicht sich durch das graumelierte Haar, kratzt sich den sieben-Tage-Bart, auf den die Frauen so stehen. Er hört Schritte, verzieht sich ins Dunkle, bis sie wieder verschwinden. Er trifft seine Wahl. Sich stellen kommt nicht in Frage! Lieber will er ersaufen, wenn er die Strecke in die Freiheit nicht packt.

Der Hafen ist ummauert, und von der Bordwand aus kann er durch die Einfahrt erkennen, dass da drinnen ein runder See ist, mit einer kleinen Insel darin. Auf die Hafenmauer wird er nicht klettern können, zu steil und zu sichtbar. Also muss er auch noch das ganze Stück durch diesen Hafen-See hindurchschwimmen. Dann erst wird er den Strand erreichen. Er wird nur mit seiner Unterhose dort ankommen. Einer Boxershorts. Zum Glück einer, wo nicht gleich alles rausfällt. Er wird aber nur da ankommen, falls er den Schwimm-Marathon überhaupt schafft. Es sollte dann wohl genügend Strandbesucher geben, die ihre Klamotten nicht beaufsichtigen. Der Ort schmiegt sich hinter dem Strand um den Hafen-See, wie ein Hufeisen. Er mampft die Schokoriegel von gestern in sich hinein und trinkt die Flasche leer. Energie wird er brauchen, soviel steht fest. Er zieht sich aus, bis auf die Unterhose. Allein die Bankkarte packt er da rein. Vielleicht kann er noch Geld ziehen, bevor sie alles sperren. Sonst, mit nichts als einer Boxershorts, wird es die totale Reset-Taste in seinem Leben werden. Das ganze Gold…, er verscheucht den Gedanken. Frei wird er sein. Das zählt. Und er wird wieder Eine rumkriegen. Ins Bett und über

Bord. Bloß soll es diesmal keine zwei Jahre dauern, und auf gar keinen Fall wird er jemals wieder eine Autorenlesung besuchen. Schwur drauf. In der Familie liegt sowas ja: Seine Alte hatte früher auch immer wieder schnell einen Neuen aufgetan. Mit vierzehn hatte er davon genug gehabt und war abgehauen.

Ja, reißt er sich aus diesen Gedanken heraus, abhauen ist ein gutes Stichwort. Im Schatten der Bordwand gleitet er so vorsichtig in das Wasser hinein, dass es kaum spritzt. Die erste Strecke taucht er. Er blickt nicht zum Schiff zurück. Es ist nicht erklärlich, aber Blicke treffen sich immer, und er will von dort keinesfalls einen abbekommen. Nur nach vorne richtet er seine Augen aus. Ruhige Schwimmzüge, keinen Sprint, mit Ungeduld wird es niemals klappen. Die Strecke ist so weit, dass er Glück brauchen wird. Eine günstige Strömung erfasst ihn, er kommt voran. Er hält nach Booten Ausschau. Gut, er muss erstmal keine Kurve schwimmen. Trotzdem: Schon bald brennen seine Lungen. Und die Muskeln wollen sich verkrampfen. Eine längere Phase schwimmt er auf dem Rücken. Ein wolkenlos-sonniger Himmel strahlt auf sein Gesicht herunter. Das Unwetter scheint niemals stattgefunden zu haben. Er dreht sich wieder, und die Hafenmauer ist nun schon nahe. Die Strömung trägt ihn auf die Einfahrt zu. Die ist nur ein paar dutzend Meter breit. Ein Schiff oder Boot könnte er kaum passieren, ohne entdeckt zu werden. Das Glück hält an, er schafft es hindurch. Weil er rechter Hand gleich zwei Polizeiboote entdeckt, die sich für ihn offenbar mächtig ins Zeug legen, hält er sich links. Obwohl er dort auch noch einen Sporthafen passieren muss. Er pfeift auf dem letzten Loch. Noch etwa hundert Meter bis zum Strand. Da sieht er, wie eines der Polizeiboote Kurs auf ihn nimmt. Es nähert sich rasch. Davonschwimmen ist ausgeschlossen. Die können ihn aber doch gar nicht gesehen haben, das war vorhin viel zu weit entfernt. Es sei denn, sie hätten die Wasseroberfläche mit Ferngläsern abgesucht. Er hat nicht einen Knochen oder Muskel im Körper mehr übrig, der ihn nicht mit Schmerzen quält. Das Boot kommt noch näher. Ist er erledigt? Doch plötzlich dreht es bei. Uniformierte springen an den Strand. Keine fünfzig Meter von ihm entfernt. Und direkt an dem Platz, wo sein Schwimmweg hinzielte. Verdammt! Sie verteilen sich. Sie halten was in den Händen …

sie haben … Fotos. Sie gehen damit auf die ersten Strandbesucher zu. Er muss nicht raten, was darauf abgebildet ist: Milly, ein nicht mehr prickelnder Badewannen-Kapitän – und er! Was nun? Der Strand ist versperrt, aber kein Strand bedeutet: Keine Kleidung. Und nur in Unterhosen wird man ihn binnen kürzester Zeit verhaften, egal wo.

Er entschließt sich für die schmale Maueröffnung des Sporthafens, einem Hafen im Hafenbecken sozusagen. Drinnen hält er aus der Deckung der Kaimauer heraus nach den Booten und Yachten Ausschau. Wenig Betrieb an der Mole. Es ist früher Vormittag und die Angeber-Partys starten nun einmal abends. Er kann die Hafenmeisterei erkennen und da: Zwanzig Meter links davon ist ein Gebäude mit dem Geldautomatensymbol drauf. Eine Mini-Bankfiliale ist das. Extra für reiche Sportler. Die „Banco Basko" liest er. Die ist ja richtig schlau und geschäftstüchtig! Mit größter Mühe zieht er sich aus dem Wasser. Mit aller Disziplin unterdrückt er das Muskelzittern an Armen und Beinen. Bloß nicht auffallen, auch wenn nur wenige Leute auf oder zwischen den Booten zu sehen sind. Er reckt sich kerzengerade empor und geht auf die Bank zu. Wie schnell sperren die die Konten? Gleich wird er es wissen.

Wieder Glück! Er zieht das Limit und stopft sich die Scheine in die Hose. Die Karte legt er neben dem Automaten ab. Die bekommen durch die Abbuchung sowieso bald raus, dass er da war. Und wo wird er dann sein? Hier liegen nirgends herrenlose Klamotten herum. Und da kommen zu allem Überfluss gerade auch noch zwei Polizisten durch den Eingang vom Strand in den Sporthafen, steuern eine Eisbude an. Die sind kaum dreißig Meter von ihm weg. An denen kommt er nicht vorbei. Er muss mit einem Boot hier raus. Seine einzige Chance! Aber die sind alle gesichert, die lassen sich nicht einfach so klauen. Fieberhaft blickt er durch die Reihen. Mit seinem Beuteblick. Geschult im ungleich größeren Hafenareal von Camden und Philadelphia, während seiner ersten Karriere als Dealer. Und geschult auch in unzähligen Tanzschuppen und Bars bei der zweiten, als Womanizer von Berufs wegen. Da, das Boot mit dem alten Mann an Bord, das ist schnell und wendig. Er geht darauf zu. Und dass der Alte mit dem Seidentuch stockschwul ist, würde er aus noch viel weiterer Entfernung erkennen. Die Polizisten schlendern von der Eisbude zur Hafenmeisterei weiter. Nicht schnell, aber verflucht stetig. Er muss den Alten dazu bewegen, sofort rauszufahren oder ihn irgendwie geräuschlos dazu zwingen. Er tritt mit seiner Boxer-Shorts ins Sonnenlicht und pumpt seinen Body an der Mole kräftig auf.

„Lust auf eine Ausfahrt mit einem Skipper der Extra-Klasse?" Dazu schleudert er sein verführerischstes Lächeln wie einen Speer heraus. Der Alte schluckt.

„Ich … äh, ich hatte eigentlich nicht vor …, äh, wer sind Sie denn?"

Immerhin hat der ihn verstanden.

„Du kommst aus England, stimmt's? Und ich kenne mich hier aus. Du glaubst gar nicht, was ich dir alles zeigen kann!"

Und dazu packt er sich in den Schritt, wie David Coverdale in seinen besten Whitesnake-Zeiten. Der Alte senkt den Blick. Das genügt ihm als zustimmendes Signal, um an Bord zu springen.

„Ja, also ich … ich weiß ja nicht, dann…"

„…Dann mal los, Motor an. Und zwar Dalli!"

Der Befehlston kommt offenbar gut an, der Alte pariert. Sie beide verstehen augenscheinlich das alte Master and Servant – Spiel. Der dreht den Schlüssel und sofort brummt der Motor. Hank Boyle löst die Leine.

„Volle Kraft voraus!", donnert er.

Er spürt die frische Kraft eines Vampirs in sich, dem sein Opfer gerade den Hals darbietet. Wenn sie erstmal aus dem Becken und dann aus dem Hafen-See heraus sind, wird er dieser alten Schwuchtel die Gurgel… – „Halt, Senores, Halten Sie an!" Verblüfft schaut Hank Boyle zum Kai zurück. Ein dritter Uniformierter hat sich da aufgebaut. Er herrscht die Startenden mit Gesten an, die: Motor stoppen, beidrehen, bedeuten. Er trägt einen weißen Pistolengurt um den fetten Leib. Hank schätzt die Entfernungen ab. Das Boot ist zu langsam, um zu entkommen. Wenn noch die beiden Bullen aus der Hafenmeisterei dazukämen, würden sie die Mole ablaufen und an der kleinen, gemauerten Hafenausfahrt zuschlagen. Jetzt muss er also um sein Leben rennen. Vorher aber erstmal zurück an Land. Das Boot hat sich einige Meter von der Mole fortbewegt. Aber Hank Boyle springt. Bereits beim Absprung merkt er, dass der Satz zu kurz geraten ist. Wie in Zeitlupe fällt er und sieht unterwegs, dass die Uniform mit dem Pistolengurt die Aufschrift „Banco Basko" trägt, und der fette Mann hektisch mit einer Bankkarte wedelt. Scheiße, der will ihm nur... Er klatscht rücklings ins Wasser. Seine Hände schießen hoch. Der alte Bootsbesitzer hat derweil offenbar vor Schreck den Hebel zum Rückwärtsgang herumgerissen. Eine Sekunde lang ist Hank zu unkontrollierten Schwimmbewegungen gezwungen. Und nicht einmal die Hälfte von dieser Sekunde dauert es, bis ihm die Schiffsschraube die rechte Hand abtrennt. Noch bevor er einen Schmerz spürt, sieht er über der Wasseroberfläche neben sich, wie das Blut aus seinem Armstumpf spritzt. Ein knallrotes Feuerwerk.

Und dann verliert Hank Boyle die Besinnung.

Gerald Orthen

1969 wurde ich in Remagen bei Bonn geboren, bin dort auf-
gewachsen und lebe seit 2008 in Berlin. Ich arbeite als Per-
sonalleiter für einen Krankenversicherungsverband. Jenseits
beruflicher Anstrengungen beschäftige ich mich am liebsten
mit meiner Familie, treibe Sport und lese gern. Nach früheren juristischen Fachveröffentlichungen habe ich vor einigen
Jahren meine Schreibleidenschaft in einem spannend-unter-
haltenden Metier entdeckt. Nach dem Besuch von Textwerk-
stätten gehöre ich der Autorengruppe „Textremisten" in Te-
gel an. Ihren Mitgliedern bin ich nicht nur dankbar für den
konstruktiven und freundschaftlichen Austausch, sondern
weise auch gern auf ihre abwechslungsreichen Lesungen im
Raum Berlin hin.

Inhaltsverzeichnis

Vorwort _____ 6

Aus Trümmern emporsteigen _____ 9

Das verborgene Meisterwerk _____ 23

Frühlingserwachen _____ 43

Die ungeahnte Begegnung _____ 55

Schlaf, Bruder, schlaf _____ 65

Kein Wein vor neun _____ 73

Unzertrennlich_____ 85

Über den Autor _____ 119